당신은 오늘도 커다랗게

입을 찢으며 웃고 있습니까

민음의 시 ● 303

당신은 오늘도 커다랗게
입을 찢으며 웃고 있습니까

신성희 시집

민음사

자서(自序)

나는
밤새
귀뚜라미가 튀어 다니는 침대에 누워 있다

2022년 10월
신성희

차례

1부 검은 뿔산

3부 그럴 수 있지

1부

검은 뿔산

불타는 집

새빨간 개 한 마리
튀어나온다

누군가 전화선을 끊어 놓았다

열리지 않는 문 안에서
괘종시계가 시럽처럼 녹아내린다
당신과 당신과 당신은 가장 좋은 땔감이다

(왼쪽 뺨이 타는 냄새)

늑대 이빨 같은 별들이
밤하늘을 마구 물어뜯는다

검은 뿔산

저것은 나의 뿔일 것이다

감출 수 없는 마음이
어디로도 나지 않는 길을
찾으며 내 뿔이 저기로
걸어갔을 것이다

벗어 놓았던 내 피부들이
서로에게 기대고 기대어
뾰족해졌다

갇혔던 소리들이 시끄럽게
검어졌을 것이다
꽃 하나 자라지 못하게 딱딱해졌을 것이다

거대한 몸집을 감추며 밤에만 걸어갔을 것이다
터져 나오는 울음을 억누르며
조금씩, 조금씩 서쪽으로 융기했을 것이다
검은 뿔로 천천히 솟아났을 것이다

뿔을 잃은 사람들은
서로에게 기대어
한 번도
본 적 없는
뿔이 된다

밤은 속삭인다

이쪽이야!
밤은 속삭였지
검은 바퀴를 뒤집어 놓고
하얀 지붕 위로
누군가 지나간 길이
부풀어 올랐어

아무도 만나지 않은 밤이
미지근한 혀로 나를 탐독해
잠자는 지붕들이
나를 끌고 가 버릴 때까지

밤이 웃는다
이쪽으로 와!
무서워?

왜 나는 여기 있지?
왜 나는 날마다 같은 골목길을 걸어 다니지?

한 여자가 맨발로
자전거 타고 지나가며
내 피를 끌고 가는 것처럼

밤이 웃는다
이쪽이야 이쪽!

구덩이

검은 나무가 혼자 걸어 다니던 밤이었다
하늘로 뻗친 몽둥이 같았다

검은 나무가
창을 열고 너를 들여다본다
입 다물어!
네 귀를 움켜쥐고 목을 잡고 흔들어 댄다 으르렁거린다
검은 나무가 불을 지른다 커튼이 불타고
불붙은 창문이 떨어져 내린다

너는 빨갛다

담장을 둘러싸고
동네 사람들이 몰려나와 불구경을 한다
아무렇지도 않은 얼굴로 웃으며
불길이 한번씩 거세게 터져 나올 때마다
환호성이 터진다
천장이 무너지고
재가 쏟아져 내려도

그들은 집으로 돌아가지 않는다

불타 버린 방 안에 너는 알몸으로 누워 있다

사람들은 검은 나무에게 절을 하며
구덩이를 판다
검은 나무가 밤새 너를 핥는다
삼켰다가 뱉어 낸다

12:00

거울 앞에 서 있었다
거울 속의 나를 바라보고 있었다

한 줄, 두 줄, 여러 겹의
이빨들이 거울에 돋아나기 시작했다
거울은 이빨로 가득 차 버렸다
이빨을 따라 나는 거울 속으로 들어갔다
이빨이 나를 불렀다
제단에 향불이 오르고 있었다
이빨이 웃을 때마다
물건들이 떨어져 내렸다

피 흘리는 거울을 바라보며
여자들이 화장을 고쳤다
거울에 고인 흰 그림자
향불이 꺼지고
나는 아주 먼 곳에서 온 사람처럼 굴었다
이빨의 비명 같은 웃음소리가 점점 커졌다
귀가 깨지고 볼이 으깨지고 코가 떨어지지만

밖에는 저녁이 지나가는 냄새
저기서 화장을 고치는 누구도
나를 바라보지 않았다

야광귀

노인이 죽었을 때,
나는 웃었다

벌레를 씹던 노인은
항아리 안에 숨어 있는 나를 찾아 소리 없이 걸었다
숨을 참으면 내 몸이 불어났다
독의 머리카락이 자라났다
노인은 계속
살아 있었다
죽지 않는 그 입이
아침마다 신탁을 주었다
야광귀가 찾아올 것이다
신발이 오그라들었다
머리카락을 태워 마당에 뿌렸다
오늘 밤, 너의 신발이 사라질 것이다

야광귀,
뼈대만 남은 몸이
웃으며 흔들흔들 내게로 다가왔다

내 눈썹이 몽땅 빠지고
노인이 덜렁거리는 잇몸으로 고기를 씹었다

내 살 같은 개를 씹고 또 씹는다
신발 같은 뼈들이 마루 밑에 쌓여 갔다

빨간 구름

폭풍의 밤,
나는 춤춘다
너는 나를 바람의 반대 방향으로 밀어 준다
변한 것은 없고
나는 웃는다

벼락과
천둥 사이, 쉬지 않고
덩굴장미가 피어나고
갓 죽은 개가
투명하게
전봇대 옆을 지나간다

창문은 밤낮으로 열려 있고
의자 위엔
짧은 칼 한 자루

어떤 날, 나는 창밖을 내다보거나
머리카락을 빗거나

웃는다
구름 같은 건 아무래도 좋고
지나가는 구름에 대해
나는 아는 것이 없다

너는 여름 내내 돌아오지 않고
나는 집 안에 있다
폭풍의 밤,
나는 연달아 웃고
구름 아래
내 두 발은 춤춘다

부엉이

밤을 찢고 부엉이가 날아들었다
내 머리에 머리를 박으며 푸드덕거렸다

부엉이가 나를 보고 있었다
같이 있자

찢어진 밤이 깃털에 묻어
살갗 냄새 피 냄새
그가 조용히 웅얼거렸다
나랑 같이 죽자

긴 눈꺼풀
눈알에
깨진 유리 조각들이 박혀 있어
너는 어떤 세상을 보고 온 거니?

눈을 찢고 들어가면
우리가 바뀔 수 있겠다

나는 매달리고 싶었다
발톱을 바꿔 달고
작은 살에
발톱을 박고
쪼아 먹고 싶었다

저 숲에서 운다
나를 부르는 거다

.

말복

얼굴을 찢으며

뛰어내리고 있었다

그토록 큰 소리를 낸 적은 없었다

일어날 일들이 모두 일어났어요

개의 목을 바꾸어 주는 놀이,

식칼이 꽂히면

사납게 울던 대문이 조용해지고

비밀을 물고 있는 입이 벌어진다

혼자인 얼굴이 허전하게 놓여 있었다

목을 찾고 있었다

내 목을 노려보고 있었다

개를 잡던 사내가

나를 향해

칼로 공중을 갈랐다

내가 사랑하는 개의 목이

축 늘어진 개의 시간이

가장 부러운 적이 있었다

유모차

웅크린 짐승이
저 속에 저벅거린다

유모차를 보면 밀어 버리고 싶다
너는 갓 구운 빵처럼 먹기 좋겠다

두들겨 맞고 누워 있을 때,
뚜껑을 열고
푸른 눈두덩이의 무녀들이
네 얼굴을 뚫어져라 내려다본다

너를 도깨비 덤불에 던질 거다
손목에 쇠사슬을 채우고 질질 끌고 다닐 거야
널 빨아 줄게
돌로 된 사과를 네 눈에 박아 줄게
너는 태어난 적도 없었지

사냥개자리의 별들이 짖어 대기 시작한다

뼈만 남은 짐승이
나를 덮은 천막을 물어뜯으며 울부짖었다

나를 미워하지 마!
나를 미워하지 마!

거미의 방

적요가 아니었다면 문을 열지 않았을 것이다 너는 떠
올린다 녹슨 열쇠로 아홉 번째 방문을 연다 방 한가운데
늪 같은 침대 너는 보았다 무국적자 같은 침대 하오가 천
천히 지나간다 너는 이곳에 와 본 적이 있다 침대가 먹어
버린 벽 곰팡이가 천천히 화석이 되어 가고 있었다 이곳
에서 깨어나고 싶지 않은 밤들이, 잠들지 못했던 아침들
이 지나갔을 것이다 아니 방이 제 모습을 감춰 버렸는지
도 몰랐다 너는 침대의 귀에 대고 비밀을 말했다 침대에
서 너는 전화를 걸었던 적이 있었다 긴 신호음이 끝나도
록 아무도 전화를 받지 않았다 계속해서 전화를 걸었다
너는 이 도시로 잘못 배달된 검은 소포 덩어리다 대지로
돌아갈 때를 기다려 온 침대 한때 너는 이 방을 사랑했다
벽에 쥐 오줌 얼룩이 번지고 있고 바닥엔 붉은 벽돌들이
놓여 있다 늙어 가는 집유령거미 한 마리, 모든 것은 우두
커니

바이칼의 무녀

이곳에선 어떤 일도 일어나지 않아
검은 솔개가 살육당해도
아무 일도 생기지 않지

어깨에 커다란 톱을 멘 벌목꾼들이
자작나무 숲을 지나
오고 있다

바이칼 호숫가에 늙은 무녀가 산다
어두컴컴한 방,
피에 젖은
말 머리뼈를 만지며
그녀는 밤마다 중얼거린다

이곳에선 아무 일도 생기지 않아
아무 일도 생기지 않아

고양이 거리의 랩소디

신발에 벗어 둔 집에 대해서는 말하고 싶지 않아
당신이 부풀도록
초승달은 오래 걸어 다녔어
자정의 고양이 거리를 맨발로 걸었어
열린 귀는 먼 곳의 울음소리를 더 잘 듣지 부드러웠어
신발의 기억은 곧 지워질 거야
당신은 휘파람을 불었고
까칠한 벽을 핥았어
머리카락이 공중으로 솟구쳐
등뼈는 다정해져
신발에 대해 말하지 마
곧 잊힐 거야
당신의 귀는 고양이 울음으로 솟구쳐 오르고
고양이 발에 당신의 발톱이 돋아나고 있어
형광의 눈알을 달고 흘러 다니는 붉은 웃음들
고양이 맨발엔 네 개의 눈이 달려 있고
신발의 기억은 서쪽으로 가고 있어

양배추

아이는 사내를 피해 양배추밭으로 숨어든다 밤이었다가는 비가 내리고 있었다 사내는 검은 말을 타고 밭으로 들어섰다 말발굽이 밭을 따라 길게 펼쳐졌다 질척거리는 발소리 사내가 채찍을 끌며 다가오는 소리 얘야, 어디 있니? 저기 너의 뒤통수가 보일락 말락 하는구나 사내의 입가에 꽂힌 웃음 아이의 입에는 흙이 가득하다 아이는 딱딱해진다 사내의 거머리 눈썹이 꿈틀거린다 사내를 태운 말이 밭에서 계속 저벅거린다 몸이 없는 얼굴들이 아이를 바라본다 사내의 눈과 아이의 눈이 마주친다 아작아작 머리통 씹는 소리 속이 꽉 들어찬 양배추들의 가랑이가 쩍쩍, 소리를 내며 벌어지기 시작한다

톱

검은 구멍이 하나 내려온다

나는 누워 있다
지금 배고픈 육식동물이
내 머리 위에 서 있다

탁자가 썰린다
컵이 썰린다
나의 사지가 썰린다

목이 구부러지고
나는 나 아닌 채로 걸어야 한다

그곳에서 그는 나를 때렸다
나는 결을 따라 찢어진다

핏방울이 흙에 가려져 있다
툇마루 아래 놓여 있는 톱
뭉툭한 톱이 방향 없이 돌았다

하늘과 집이 마당이 빙빙 돌았다

물구나무를 서면
내 몸에서 구멍들이 숭숭 자라났다

회색차일구름

아이는 사내를 피해 지붕으로 올라갔다 지붕에 걸쳐진 나무 사다리를 땅바닥으로 밀어 버리고 아이는 앉은 채로 사내를 내려다봤다 다시는 내려오지 마! 사내는 고무호스로 아이에게 물줄기를 쏘아 댔다 아이는 팔짝팔짝 뛰어다녔다 팔월의 양철지붕 위에서 아이의 발바닥이 마구 구겨지고 있었다 쫓기는 것들이 마지막으로 올라가는 곳이 지붕이라고 들었어 사내는 샐비어 모가지를 꺾어 아이에게 던졌다 머리 가득 피가 몰린 맨드라미도 던져졌다 아이가 누군가로부터 꽃을 받은 건 그때가 처음이었어 가까이서 보니 꽃들이 소리 죽여 울고 있었어 떨고 있었지 꽃들은 발작하며 미친 듯이 피 냄새를 맡았지 마당을 감고 내려앉은 거대한 회색 구름 덩어리들 사다리를 세우고 사내는 천천히 지붕 위로 기어 올라왔다 사내는 웃으며 꽃들에게 수갑을 채웠다*

* 페르난도 아라발(Fernando Arrabal).

순록

이미 늦어 버렸다 드넓은 툰드라를 배경으로 순록이
죽어 가고 있다 원주민 사내의 칼은 단번에 순록의 심장
을 깊숙이 찌른다 늙은 순록이 버둥거리는 동안, 너는 화
면에서 눈을 떼지 못한다 순록의 기다란 다리를 누르는
두 손 피 한 방울 나오지 않았다 순록의 뿔에 받힌 하늘
이 붉게 번지며 밤이 올 뿐, 순록의 고독한 죽음에 대해
얘기하는 사람은 아무도 없다 이끼로 뒤덮인 길 위에서
순록 털가죽을 입고 지새우던 밤에 대해 말하는 사람도
없다 건초 같은 순록의 무리 백야가 이어지고 얼음을 딛
고 서서 무심하게 먼 곳을 바라보는 순록들 마지막 한 마
리의 순록이 시야에서 사라질 때까지 너는 어둠 속에 그
대로 앉아 있다

자두나무

언제쯤 이 몸을 나갈 수 있을까?
죽은 사람을 빨아 먹는 의문기의 꽃들

흰 열쇠를 쥔 손이 사라지고
모퉁이에 불안이 열리고 있어

사월이면
땅에서
불쑥불쑥 손이 올라온다
나를 찾는 손들

이것이 오늘 내가 보낼 하루의 전부

얼굴을 두고 나온 사람들이
목이 시든 가체(加髢)를 수확한다
나는 잘생긴 시체처럼 누워 있다

발을 잡으려는 한 자루의 충혈된 손들

이대로 죽을 줄 알았니?

이월에는 이가 아팠다

비석들이 솟아 있다 통증이 파릇파릇했다 그런 날이면 나는 네모난 산에 올랐다 할머니에게 손목을 잡힌 채 진 눈깨비 맞으며 산에 올랐다 독기가 가득한 비석들 비석을 혀로 핥으면 통증이 사라진다 할머니는 치마로 비석을 닦았다 지독한 놈들, 그 독기가 너의 치통을 누를 것이다

돌을 핥으면 유키의 어린 뼈가 내게 스며들었다 유키는 오래전 이곳에서 죽었고 태워졌다 영구치가 나기 전, 나는 몇 번이고 그 길을 걸어야 했다 산 아래 일본식 묘지가 잔설에 덮여 있었다 화강암 비석들 문 닫힌 화장장의 흰 굴뚝 그날 나는 눈 속에서 활활 타던 불꽃들이 허공으로 빠져나가는 소리를 들었다 빨대를 꽂고 유령만 빨아올리던 허공 유키는 바다를 건너와 열두 살에 죽었다

침 흘리는 혓바닥 아래 비틀어지며 피어오르는 돌의 무늬 돌 속에서 이국의 식물이 천천히 아지랑이를 피웠다 느리게 입안에 고이는 죽은 치통 통통 살이 오르기 시작했다 비석들이 솟아 있고 내 이는 유키의 유령을 찌르며 자랐다

굴착기와 포클레인

나는 삽으로 마당을 판다
크고 작은 감자들이 줄줄이 딸려 나온다
어디를 눌러 봐도 감자가 튀어나올 것 같은 얼굴로
마당을 판다
깨끗한 흰 운동화 한 켤레가 나온다
죽은 지 얼마 안 된 토끼가 나온다
토끼는 반쯤 졸고 있다
토끼는 희다
토끼는 목에 쇠방울을 달고 있다
(나는 입술로 방울 소리를 내 본다)
한 번도 만져 보지 않은 곡괭이
날이 뭉툭해진 곡괭이로
나는 다시 마당을 판다
여섯 살 정도의 여자아이가 끌려나온다
찡그린 표정으로, 싫다는 듯
아이는 노란 원피스를 입고, 파란 샌들을 신고 있다
팔목에는 링거 줄이 감겨 있고
두 발은 끈으로 묶여 있다
(뭐야, 생각했던 것보다 그렇게 아름답지는 않은데?)

아까부터 누군가 삽으로 나를 내리찍고 있다

도망가도 소용없어!

뒤에 감춘 게 뭐야?

없어! 없다니까!

만약 나오면 그땐 가만두지 않을 거야 각오해!

(눈치를 보며, 굽실거리며)

그래 보여 줄게 이게 다야

(오른손과 왼손을 번갈아 펴서 보여 주고 재빨리 감춘다)

이제 됐지?

흠! 흠! 흠!

(꼭 이럴 때만 터져 나오는 기침 소리)

아무 소리도 내지 않은 척

다시 마당을 파는데

누군가 돌로 내 머리를 내리찍는다

나야 나……

아프지 않아 대신 부드럽게 키스해 줘

(다시 한번 돌로 머리를 힘껏 찍는다)

모르는 척 내버려 두고 다시 마당을 판다

이번엔 엄청 묵직한 게 걸렸다

커다란 항아리들

그 안에 물컹물컹하고 찐득찐득한 시체들이

가득 들어차 있어

힘주어 당겨도 꼼짝하지 않는다

혼자 힘으로는 도저히 안 될 것 같다

잠시 손을 놓고 쭈그려 앉아

이리저리 짱구를 굴려 본다

나는 급히 가까운 공사 현장에 전화를 걸어

사정을 설명하고

굴착기와 포클레인 한 대씩을 보내 달라고 부탁한다

2부

Richmond Park

버찌를 밟는 철

오전에 외출하지 못했죠 시계를 물고 잠에 빠지곤 하죠 버찌들이 터지고 오전은 갇혀 있어요 커튼에 고이는 잠이 죠 버찌의 그늘이 터지고 버찌가 숨죠

나는 파란 버찌와 사랑에 빠졌죠 이불이 지독한 그늘 이라는 것을 알았어요 밤이 물렁해지도록 우리는 침대를 끌고 다녔어요 바람이 상하는 소리 빗방울이 싹트는 소리 남겨진 소리들이 내 귀를 찾는 거예요

이상한 소리들을 흔들어 보았어요 아파트 벽 속에서 벽들이 싸우는 소리도 들리는 거예요 벽을 쾅쾅 차 보아 도 벽은 여전히 벽 속에 있고 매일 그들을 들어야 했어요

익지 않은 버찌들을 흔들었어요 벽지에 달이 뜨고 해 지면 새가 울었죠 그렇게 그들과 살았어요 내가 그렁그렁 한 그림자를 거느렸던 시절 오늘도 여자들은 버찌를 밟고 외출하고, 나는 여전히 터지지 않는 잠이 입에 가득해요

산딸기의 계절이에요

언니는 불타는 얼굴로 방 안에 앉아 있습니다
집에 난 불이 얼굴을 태웠습니다
왼쪽 뺨에 모르는 생물을 키웁니다

언니는 명령하는 사람이 되어 갑니다

동네 아이들이 맨발로 굴렁쇠를 굴립니다
산딸기가 익으면
산딸기는 언니의 것이 됩니다
산딸기의 주인은 언니입니다

따지 마, 따 먹지 마! 손대지 마!

언니 얼굴에 큰 뱀이 똬리를 틀고
산딸기를 삼킵니다

엉덩이 안으로 빤쓰를 꼭꼭 말아 넣어

언니는 아이들의 덜 자란 딸기를 차례로 만집니다

우리 언니가 아닌 것만 같습니다

발밑에 산딸기들이 흩어집니다

뱀이 우는 밤,
웃는 사람

한 겹, 두 겹 고치처럼 몸을 말고
언니는 벽장 속에 누워 있습니다
목을 감는 커튼 뒤에서
언니의 얼굴이 흘러내립니다

Richmond Park*

햇빛이 엄청나게 쏟아지고 있어
피크닉 가기 아주 좋은 날씨야
꼭 가 보고 싶다 네가 입버릇처럼 말하던
공원으로 함께 갈까?

에코백에 말린 자두와 스콘을 넣고
마트에 들러 하얀 손가락 소시지를 잔뜩 사 가지고 가자
식욕이 마구 솟을 거야
피크닉 매트와 탄산수도 잊지 마

거기 가면 검은 뿔 사슴을 볼 수 있다고 했니?
너는 사슴 피를 마셔 본 적 있다 했지?
흰 티셔츠에 사슴 피를 흘린 적이 있다고

안내소에서 공원 지도를 일 파운드에 팔고 있어
사람들이 줄 서서 기다리고 있어
장난 아니네
커다란 공원이 오늘 사람들로 북적북적하겠구나
이리로 오길 잘한 것 같아

> 여기쯤 자리 잡고 앉을까? 너무 조용하고
둘이 있기 딱 좋은 장소야
가슴이 막 뛰고 있어
만져 봐!
우리도 윗옷은 벗어도 괜찮지 않을까
저기 봐! 다른 사람들도
알몸으로
햇빛을 만끽하며 여기저기 돌아다니고 있어

싸 온 음식을 나눠 먹고
커피와 물을 마셨지
나란히 누워 있다가 서로를 만지다가

그런데 사슴은 왜 한 마리도 보이지 않는 거야?
어두워지기 전에 운 좋게 사슴의 멋진 검은 뿔을 볼 수
있을까?

생각보다 숲이 정말 캄캄하구나
누군가 길을 잃어버린다면 영영 돌아올 수 없을 것만

같아
　이 와중에 너는 혼자
　숲속으로 산책하러 가고 없네

　너의 흰 플란넬 블라우스와 검은 바지
　안 보여

　이제 그만 돌아가자고
　해가 진다고

　너의 이름을 부르는데

　생각지도 않은 순간, 생각지도 않은 총성이 울리고
　깜깜해져 가는 숲속을 재빠르게 질주해 가는 저것은
무엇일까

　너는 아직 돌아오지 않고
　사슴은 보이지 않고
　가슴이 이상하리만큼 크게 뛰는데

언젠가 너는 생각났다는 듯이 나에게 말하겠지

이 공원에 왔던 사람들 중

사슴을 한 마리도 보지 못한 사람은 아마 네가 처음일

거라고

* 영국의 왕립 공원.

흰 개를 따라

비탈에서 나는 쏟아져 내렸다

개를 풀어놓고 따라 간다
하나인 것 같기도 하고, 둘, 셋인 것도 같다

저 개는 어디로 가나
오솔길 지나
벌판을 가로질러

뒷산 공동묘지,
무덤 곁에 나는 숨어 있다
오래된 뼈 냄새 맡으며

나를 찾는 사람의 발소리가 점점 가까워진다
가랑잎 바스락거리는 소리
나는 개를 끌어안는다

나를 안아 준 개
쥐를 먹고

뛰어가던 개

해가 지고
땅거미가 깔리고
뼈만 남은 개가 나에게서 도망친다
나는 개를 따라 달린다

하얀 그림자를 남기고

입말의 시간

밤 9시 이후, 나는 텅 빈 옷장이에요
하루의 명칭들이 귀가하지 않는 시간
빛들이 아파트 창틀에 매달려 있을 때
밤의 창에선 길이를 알 수 없는 검은 계단이 자라요

이곳에선 시시한 일들만 생기죠
밤인가 싶은데 한낮이죠
나는 옷장에 물감을 풀고 잠들지 않는
한낮의 입말들을 그리고 싶어요
죽은 듯이 살아 있는 벙어리 같은 말들을

그리고 더 깊은 밤이 오기 전,
그들을 전부 지워 버려야 해요
내 속에서 알 수 없는 거품이 가득 차올라 그림을 찢고
그림 속의 그들이 캄캄하게 꺼지기 전에

창틀은 여전히 뜨겁고
나는 한 줄의 시시한 주름도 쓰지 못해요
시시한 말들만 중얼거리죠

쉿! 조용히 하세요
그들이 오나 봐요
죽은 물고기 같은
검은 비린내를 풍기며

양

너는 네가 다른 종이라는 것을 알았다
코뿔소를 보면서도 너는 성욕을 느꼈다

너는 새장 같은 가슴을 가졌지
너는 밤마다 휘파람을 불며 양을 불렀다
양의 자세를 생각했다

가출한 소녀는
네가 여주인으로 있는 지하 다방에 와서
박 양이 되었다

아주 오래전,
양을 수간하는 원시인 남자의 그림을 보았던 날
처음으로 너를 느꼈다

오늘 밤, 어린 양이 네 방문 앞에 서 있다
낡은 의자 위에서 너는
하얀 양을 물고 할퀴고 뜯고
양이 너덜너덜해져 갔다

> 은밀해질 때 너는 우뚝 선다

양털 같은 함박눈이 쏟아지는 창문을 향해
너는 걸어가려 한다

조도

해 지는 사거리 모퉁이 점집 앞에서 한 사내가 말을 걸어왔다 저기까지 가려면 어떻게 해야 해요? 사내는 한 발을 낡은 자전거 페달에, 한 발은 아스팔트 바닥에 대고 어색하게 서 있다 석양을 등지고 선 그에게서 너구리 털 타는 냄새가 났다 나는 사내와 나란히 서서 그가 가리키는 방향을 바라보았다 저만치 우중충한 5층짜리 회색 상가 건물 두 동이 기울어 가는 햇빛을 받아 거대한 황금 덩어리처럼 빛나고 있었다 사내는 왼손에 작은 호두알 두 개를 굴리고 있다 그의 눈동자가 이상하리만치 번쩍거리고 손에서는 연신 마른 천 찢어지는 소리가 났다 그는 내 대답을 기다리지 않고 자전거를 타고 횡단보도를 건너간다 그의 뒷모습을 바라보며 서 있는데 상가의 유리창들이 한 장씩 차례로 불타올랐다 그와 조금 뒤처져서 걸어가는데 사내가 상가 앞에서 가게 문을 열고 안을 들여다보며 묻는다 저기까지 가려면 어떻게 해야 해요? 주인이 뭐라 뭐라 하고 사내는 그 말을 듣고 서 있다 흘낏흘낏 그를 바라보며 지나쳐 걷는데 자전거를 타고 그가 나를 앞질렀다 왼손으로 호두알을 굴리며 코를 싸쥐게 하는 냄새를 풍기며 얼마 지나지 않아 그는 또 다른 가게 문을 열고 서서 묻는다 저기까지 가려면 어떻게…… 땅거미가 깔리고 상가엔 작은 조명등이 하나둘 켜졌다 자동차들이 사거리를 달리다가 천천히 모퉁이를 돌아 시야에서 사라졌다 무겁게 떨어져 내리는 가로등 푸르스름한 불빛 아래 그는 어리둥절해하며 서 있다

아름다운 불이

남자는 검은 콜타르를 끓이고 있었다
북풍이 몰아치는 날이었다
양철 지붕에 굵은 모래알 떨어지는 소리
장독대에 배부른 유령 같은 항아리들
아이는 항아리에 담긴 빗물 속 하늘을 만지며 논다

불은 부엌에서 맨 처음 튀어나왔다
불붙은 부엌문이 마당으로 넘어진다 불덩어리가 아이
를 향해 떨어진다 얼굴을 움켜쥐고 아이가 나뒹군다
아름다운 불이
아름다운 불이
아이의 얼굴을, 손을 씹어 먹는다
저렇게 덩치 큰 육식동물은 생전 처음이다

햇빛을 피해 아이는 방 안에 앉아 있다
고개를 수그리면
통통하게 물이 들어찬 물집들이 금세 쭈글쭈글해진다
손끝으로 물집을 만져 본다
하나씩 당겨서 터뜨린다

턱을 타고 끈적하게 진물이 흘러내린다
왼쪽 뺨에서 턱 아래까지 길게
물고기가 자란다

그래도 아침이 오면 아이는 가방을 메고 손으로 얼굴을
가리며 고개를 숙이고 학교에 간다
사람들을 피해 골목길로 빠르게 뛰어갈 때, 돌연
물고기가 꿈틀거린다

그러나 그것은 어디로도 가지 못한다
그 자리에 그대로 박혀 있다
완전히 어두워진 뒤에도
물고기는
밤의 텅 빈 허공을
이리저리 헤엄쳐 다니지는 않을 것이다

여름휴가

여름휴가가 시작되고
그녀가 사라졌다
상관없다고 생각했다

이렇게 될 줄 알았어
괜찮아 올 것이 온 거야
나에게 나를 완전하게 돌려주고 싶어졌다

여름은 투명하고 딱딱한 우박을 퍼부으며 변덕스러운
모양을 제대로 만들어 갔다
　그게 아침이었는지 오후였는지
　금요일이었는지 일요일이었는지
　지루한 낮잠에서 깨어나면
　도무지 기억나는 게 없었다

　도심의 상가에는 유리창을 부수며
　굶주린 멧돼지 떼가 출몰하고
　한 발의 총성이 울리고 나서 저녁이 되었는지, 저녁이
될 무렵 한 발의 총성이 울렸는지 궁금해하는 사람이 없

었다

함께 찍은 사진에서 그녀는
커다란 선글라스를 쓰고 있거나
반쯤 돌아서 있다
아름다웠다

두 번의 실패 끝에
잼을 잔뜩 넣은 달콤한 애플파이가 완성되었다
지루한 오후가 바싹 구워졌다
상관없다고 생각했다

여름휴가가 끝나 가고
잘 기억나진 않지만
잠결에 무슨 소리가 들린 것도 같았다
손을 내밀어 잠깐
잠결을 만진 것도 같았다
한 발의 총성이 손을 스쳐 지나갔다

해변의 기분

눈을 감고
맨발로
너는 빛이 가득 쏟아지는 해변을 걷는다

어제 그리고 그제

해안도로를 따라 종일 걸었던 날
비 오는 비자림을 걸어 다녔던 다음 날
너는 그토록 오고 싶어 했던
괴상한 이름을 가진 해변으로 왔다

바닷물이 빠져나간 모래사장이
너무 아름답고
젖은 녹색 이끼 덩어리들과
드러난 돌들이 조각 같다고 생각하며 서 있는데
여행객 중 누군가가 네게 들려주었지

이곳에서 뗏목을 타고 바다로 나갔던 수부들
그들 중 익사한 이들이

시신으로 이 해변에 다시 밀려온다고
깊이가 없는 바다는
아무것도 간직하지 못하는 바다는
모래사장에 시신을 도로 토해 놓았다고
마을 사람들은 관을 가지고 와서
이 해변에서 하염없이 기다리고 있었다고

파도가 오래된 시체들을 깨워 일으킨다

너는 빛이 빠르게 사라져 가는 해변을 걸어간다

눈 내리는 밤에

새벽 1시 반, 버스에서 내린다 눈이 내리고 있다 나는 눈을 맞으며 걸어간다 미끄러질 듯이 한 발, 한 발 내딛는다 그때 누군가 슬며시 옆에 와 선다 깜짝 놀라 묻는다 당신 누구요? 대답이 없다 그는 눈으로 뒤덮여 있다 그는 하얗다 그는 말없이 나의 왼쪽에서 걷는다 쏟아지는 눈을 피할 수 없고, 나는 여전히 눈 속에 서 있다 눈 속에서는 한 발, 한 발 천천히 걸음을 떼야 한다 어느 사이, 나의 왼쪽에서 걷던 그가 오른쪽에서 걷고 있다 나는 그를 그냥 내버려 두기로 한다 퍼붓는 눈 속에서 계속해서 집을 향해 가고 있지만 집은 나타나지 않고 점점 더 멀어지는 것만 같다 여기가 어딘지 모르겠어 눈 속에 서서 중얼거리지만 그 말도 눈 속에 묻혀 버린다 그는 여전히 말이 없다 입이 없는 사람처럼 내가 걸으면 따라 걷고 내가 멈춰서면 따라 멈춘다 나는 끝없이 같은 곳을 돌고 있다 나는 지쳐서 그만 눈 덮인 벤치에 주저앉는다 그도 벤치에 앉는다 그는 하나가 아니다 그는 여러 명으로 불어난다 벤치 양쪽에 그와 똑같이 생긴 이들이 하나둘 다가와 앉는다 누구냐고 물으려다 나는 어서 오시오, 라고 말해 버린다 눈 속에서 그들이 웃는다

긴 겨울 동안 우리는 함께 있었지

벽에 붙어 서서 너는 몇 시간째 매듭을 땋고 있다
꼬이고 겹쳐지고 아래로 늘어뜨려지는 것들

걸레를 빨아 나는 유리창을 닦고 바닥을 닦고
뜨거운 차를 마시다가 바닥에 주저앉아 있다가

틸란드시아를 다시 길러 볼까
지금은 겨울이 막 시작될 무렵이고 종일 먼지바람이 불
고 있어

미세먼지를 빨아들이고
빛이 약한 실내에서도 잘 자라는 식물이
갈색으로 변하며 죽어 가고 있어 이유를 모르겠어

머릿속이 온통 뒤죽박죽이던 날
하얀 운동화를 빨고 또 빨았던 날
하루에 세 개씩 아름다운 문장을 종이에 적어 두었던 날
커다란 가방을 들고 네가 왔던 몇 주 전 어느 날
가방에서 피 묻은 붕대 뭉치를 꺼내 놓고 표정 없이 앉

아 있는 널 가만히 바라보던 날

  겨울 내내 너는 꼼짝하지 않고 마크라메 팔찌를 만들
고 화분걸이를 만들고 의자 커버를 만들고
  피로 물든 붕대를 꼬아 인형을 만들었다가 찢어 버리고
뭉쳐서 던져 버리고 멍하니 창밖을 내다보았다

  눈이 와 눈이 오고 있어
  여기 온 지도 벌써 몇 년이 흘렀는지 모르겠어
  자꾸만 앙상해져 가는 목을 감추며
  너는 이상한 말을 중얼거리고
  그렇지 않아 그건 아닌 것 같아
  네가 잘 몰라서 그러는 거라고 말해 주려다가 그만 멈
추고

  밖은 아직 한겨울인데
  갈 데도 없이 어딜 가려는 거야
  가지 마 아니야 가 어디로든 가 버려 가서 죽어 버려

창문으로 들이치는 하얀 눈송이를
나는 손으로 받으며 서 있고
너는 반쯤 웃으며 서 있다

눈사람이 유리창으로 우리를 들여다본다

　문을 열고 들어와 어둠 속에서 검은 개를 부를 때, 검은 개는 어떤 소리도 내지 않는다 겨울 저녁 6시 반, 밖은 캄캄하다 초코, 초코 불러 보지만 요즘 들어 늘 이렇다 스위치를 누르자 벽과 천장에서 흰빛이 쏟아져 내린다 검은 개가 검은 소파에 웅크리고 잠들어 있다 움직임이 없다 한 번 더 부르자 천천히 눈을 뜬다 검은 개가 일어선다 검은 개는 비틀거리며 거실을 한 바퀴, 두 바퀴 돈다 검은 개는 한동안 그대로 멈춰 서 있다 검은 개가 얼굴을 돌리는 순간, 눈에서 짧고 강철 같은 빛이 튀어나온다 검은 개는 그대로 문밖으로 달려 나가 버린다 황급히 뒤쫓아 나갔지만 검은 개는 보이지 않는다 검은 개를 찾아 여기저기 뛰어 다닌다 검은 개를 부르며 길에 서 있다 한참을 헤매도 찾지 못하고 돌아설 때, 검은 개가 나의 등 뒤에 서 있다 손을 뻗어 잡으려 하자 재빠르게 달아나 버린다 검은 개를 따라 달린다 길 한가운데 서서 큰 소리로 개를 불러 본다 검은 개는 나타나지 않는다 나는 집으로 돌아온다 최근에 검은 개와 나는 대부분의 시간을 방에서 보내고 있다 꼭 필요한 것들을 사야 할 때를 제외하고는 집 안에서 머물고 있다 우리는 어디로도 가지 않고, 어디로든 가는 걸 원치 않으며, 점점 더 어디로 가야할지 모르게 되었다 완전히 어두워진 창밖에 어제 만든 눈사람이 서 있다 눈사람이 유리창으로 검은 개와 나를 들여다보고 있다

지혜

호프집에서 기다리던 친구들과 합류했을 때, 지혜는 다시 명랑해졌다. 아까 본 영화 따위는 다 잊었다. 무척 배가 고팠어. 맥주도 골뱅이 소면도 엄청 먹어 줄 거야. 호프집은 사람들로 북적거렸다. 창가의 연필 선인장 줄기가 멈췄다가 가느다랗게 뻗어 나갔다. 그 밤에 나는 지혜의 이마에 생긴 구멍 하나를 보게 된다.

작은 연체동물 같은 것이 꼼지락거리고 있었다. 달팽이 새끼 비슷한 것이 알을 까고, 배설물을 싸며 기어 다녔다. 미세한 주름 하나하나와 오물거리는 입, 움찔거리는 연한 더듬이. 작은 발가락들은 노를 젓듯 일정한 방향으로 움직이고 있었다. 구멍 입구는 엷은 분홍색을 띠고, 안쪽은 선홍색으로 밝게 빛나고 있었다. 구멍 안에는 갓 태어난 새끼들과 알들이 따스한 물에 잠겨 일렁거렸다. 지혜의 흰 피부를 타고 진물이 흘러 내렸지만

눈치챈 사람이 아무도 없었다. 밤이 깊어 갈수록 조명은 더 밝아졌다. 손님이 떠난 테이블은 새로운 손님들로 채워졌다. 주문한 안주가 놓이고 새 술병들이 날라져 왔다.

이따금 이마가 가려운지 손바닥으로 구멍 근처를 몇 번 쳐 줄 뿐, 지혜는 일행과 다른 이야기에 빠져 웃고 떠들었다.

지혜

이상하고 낯선 밤이었다. 우리는 함께 영화를 보러 갔다. 피가 튀고, 도시의 뒷골목에서 시도 때도 없이 살인이 저질러지는 낡은 흑백필름이었다. 엔딩 장면이 마음에 들었다. 땅거미가 내려앉는 지평선 너머로 남자 주인공이 사라져 버리는 것으로 처리된. 지혜는 모르겠다고, 마지막을 왜 그런 방식으로 닫았는지 모르겠다고, 감독이 끝내 수습할 자신이 없었던 거야, 했다. 쌀쌀한 이월의 밤이었는데 얇은 재킷을 입고 온 지혜는 떨고 있었다. 깜깜한 거리를 지나갈 때, 영화에서 본 듯한 정령이 지혜를 휩싸는 것을 보았는데, 내가 본 것이 그것이 맞나? 싶고, 훗날 나는 그 기억을 자주 떠올리게 된다. 얇고 불투명한 막에 싸인 정령이 지혜의 몸을 감았고, 걸음을 옮길 때마다 따라 붙었다. 막 속에서 손이 튀어나와 지혜의 얼굴을 치고, 입술을 한껏 벌리고, 목을 졸랐다. 얼굴은 붉은 입술로 가득 차고, 입술은 무슨 말을 하려고 움찔거렸다. 지혜는 입구가 묶인 부대자루처럼 울룩불룩해졌다. 벽을 짚고 서 있거나, 중심을 잃고 비틀거렸다. 아주 잘 만든 영화였어. 장편을 만들기에 인생은 너무 짧지 않아? 물었는데 글쎄…… 하며 그녀는 고개를 숙인 채 내 곁에서 걷고 있었다.

지혜

지혜를 마지막으로 본 것이 언제였는지 기억나지 않는다. 지금 지혜가 서 있는 곳이 어딘지 알지 못한다. 그녀는 어쩌다가 밤 산책을 나왔을지도 모르고, 어쩌다가 진흙 차바퀴들이 구르는 도심을 비켜나 걸었는지도 모르고, 무심하게 그 길로 걸어 들어갔는지도 모른다.

어두운 길 저쪽에 키 작은 나무 한 그루와 가로등 하나가 서 있다. 가로등 불빛이 온통 아래로 쏠려 있다. 나는 지혜가 서 있는 어둠 뒤편으로 무성영화처럼 이어지는 밤을 본다. 소용돌이치는 꽃들을 향해 그녀는 움직인다. 줌인, 줌아웃. 같은 풍경을 향해 카메라의 셔터를 누른다.

갑자기 털북숭이의 커다란 손이 나타나 지혜를 쓰윽 훑어 간다. 지혜의 머리카락이 거꾸로 솟구치고, 흰 옷이 공중에서 펄럭거린다. 그녀는 허공에 매달린 채 버둥거린다. 얼굴은 보여 주지 않는다. 동영상은 거기서 끝이 난다. 밤이 깊어도 나는 잠들지 못하고 몇 번이고 동영상을 다시 돌려본다.

심장

만질게 엉덩이를 만질게 다리를 벌릴 거야 안 때릴게
더는 때리지 않을게 끌고 다닐 거야 그냥 끌고만 다닐 거
야 아니면 (생각난 듯) 겨드랑이를 긁어 줄까? 내 겨드랑
이에선 젖은 냄새가 나 몇 번이고 겨드랑이를 들고 가위
질을 할 수도 있어 왜 그랬어? 내가 뭘? 넌 젖은 가마니를
내 살에 쑤셔 넣었잖아 그 안에서 계속 비명 소리가 났
어 아팠어 울었어 창고에 나만 두고 떠났잖아 문을 잠그
고 냄새를 피워도 아무도 오지 않았어 왜 그랬니? 왜 그
랬어? 지금은 울지 마 울면 때릴 거야 만질게 만질 거야
너 정말 나한테 왜 이러는 거야 지껄이지 마 애원하지 마
울면 개처럼 끌고 갈 거야 난 이미 개처럼 끌려왔어 나는
부스럭거리며 잠들지 못하는 자루였고, 그곳에서 헐떡헐
떡헐떡 나만 살아 있어 냄새나는 자루를 너에게 넣을 거
야 너는 나지? 너는 나잖아 움직이지 마 벌릴 거야 냄새나
고 뜨겁고 딱딱해지지 않는 이 자루를 지금 넣을 거야 다
시 태어나고 싶어? 다시 태어날 수 있어 울면 때릴 거야
울지 마

페이스북

그 짓을 했다 딱 한 번뿐이다 아니다 오전에 두 번 오후에 한 번 잠들기 전에도 그 짓을 했다 반듯이 누워서 했다 서서 했다 엎드려서 했다 반쯤 옆으로 돌아누워서 했다 물구나무를 선 채로 했다 삐걱거리는 간이침대에서도 했다 누에고치 냄새나는 다락방에서도 거실의 닳아빠진 황소 가죽 소파 위에서도 했다 아무도 없는 정원 울타리 나무 밑에서도 했다 하고 또 했다 매일매일 했다 입으로 했다 손으로 했다 옆구리로 했다 몇 시간이고 기어 다니면서 했다 혀를 빼물고 했다 밥을 먹으며 커피를 마시며 전화를 받으면서도 했다 잠들기 전까지 했다 쉬지 않고 했다 너에게는 말하지 않았다 너에게만 말하지 않았다 누구에게도 말하지 않았다 아무도 모르게 숨어서 그 짓을 했다

3부

그럴 수 있지

당신의 자세

그러니까 우리는 아는 것이 없고
알아야 할 것이 없고
알고 싶은 것이 없다
오늘처럼 이가 시린 가을 아침,
나는 하숙집 마당에서 찬물로 세수를 하다가
맞은편 아파트 창문에서 갑자기 떨어져 내리는 사람의
상판때기를 보게 되기도 하는 것이다

이봐, 나는 떨어지는 것들을 도무지 견딜 수가 없어
개미 새끼 한 마리 없는 길에서
노인이 혼자 중얼거린다
노인과 나는 하루에도 몇 번씩 마주치고
인사를 한다
오늘도 노인은 빗자루로 낙엽을 쓸고 있다
이봐, 나는 떨어지는 것들을 도무지 견딜 수가 없어
나뭇잎 한 장 떨어지면 달려가서 줍고
나뭇잎 두 장 떨어지면 달려가서 줍고
동네 입구, 화이트 슈퍼 앞길을 왔다 갔다 왔다 갔다
아침부터 잠들 때까지 그 짓을 되풀이하고

가로수 길에
문득 멈춰 서서
성자 같은 표정으로 하늘을 우러른다

이봐, 만일 커다란 단추 하나를
누군가 한 번 누를 때
플라타너스 나뭇잎이 떨어지고
한 번 더 누르면 은행나뭇잎이
그다음엔 단풍나뭇잎이 전부 떨어져 버린다면 나는 더
이상 여기 남아 있을 이유가 없겠지
오늘 하루 동안에도 이 거리엔 팔만오천육백사십일곱
장의 낙엽이 떨어졌어
우리가 잠든 사이,
무슨 일이 일어날지 아무도 알 수 없지만
내일 아침에는 생각지도 못한 아주 무거운 것들을 한꺼
번에 쓸어 내야 할지도 모르지

말라깽이 노인이 싸리 빗자루보다 가벼워지는 밤,
잠들기 전에 한번씩

유령처럼 흰 이빨을 드러내며 웃는 사람들
오늘 밤에도
잠든 세계의 창문 너머로 사람들이 사라지고

낡고 초라한 침대에 누워
더러운 이불을 발로 차며 나는 잠꼬대를 한다
빌어먹을 놈의!
빌어먹을 놈의!
빌어먹을 놈의!

여행

마음먹었다 어디로든 가자 필요한 게 뭐지? 일회용 비
닐장갑과 장화? 손잡이가 닳아 버린 들소 가죽 의자? 식
탁을 가방에 넣었다 뺐다를 반복한다 여행 준비에 골몰한
다 또 뭐가 필요하지? 이번에 새로 구입한 독일제 정원용
가위와 고무호스? (긴 가위는 폈다가 접을 수 있어 편리
하고, 푸른색 고무호스는 천정의 고리에 걸어 몇 겹 늘어
뜨려 놓으면 심심한 목을 걸어 놓기 안성맞춤일 거야)

내가 가는 날짜에 비는 있었나? 멍청하게 정신줄 놓고
있다가 차를 놓치는 건 아닐까? 이런! 모자 색깔 되게 마
음에 안 드네! (확 구겨 버리고) 이번에 새로 산 모직 코트
말인데, 내겐 너무 긴 거 아닌가? (에잇, 휙 던져 버리고)

어디로 가지? 바다? 아니야 그건 가방 안에 잔뜩 있어
어디로 갈까? 산? 아니 그건 호주머니 속에도 많아 어디
로 갈까? 나는 한 발자국도 떼지 못한다 왜 또 지긋지긋
해지지? 언제부터였지? 하루에도 몇 번씩 가방을 쌌다 풀
었다…… 낯선 여행지에서 길을 걷다가 급히 방으로 되돌
아 간 적도 있었다 (왜였을까?) 방으로 갔다가, 프런트로
갔다가, 다시 방으로 무거운 가방을 들고 이리저리 왔다
갔다……

지난가을, 나는 그의 손 하나를 잘라 코트 안주머니에 넣고 다녔다 사랑스런 손을 밤새 바람 드는 창가에 매달아 놓았다 이제 손을 가방에 넣고 나는 한 번도 가 본 적 없는 곳으로 떠나고 싶어 다시는 손을 놓아 주지 않을 거야

그럴 수 있지

광장 시계탑의 시계가 2시 15분을 가리키고 있다
날씨가 무척 덥군
노천카페의 간이의자에 앉아 널 기다리고 있어
가로수 이파리들이 작은 그늘을 만들며 이리저리 흔들
리는 걸 바라보며
넌 또 늦네
약속 시간보다 나는 늘 조금 일찍 도착하고
넌 매번 조금씩 더, 더, 더 늦게 온다
그럴 수 있지
오늘은 2017년 9월 5일, 이틀 전엔
내가 좋아하는 시인 존 애시버리가 세상을 떠났어
나는 휴대전화 홈 화면을 눌러서 그의 시 「의미심장한
사랑」을 읽는다
햇빛이 거리를 밝게 비추고 있어
지나가는 사람들 중 몇은 챙 넓은 모자를 썼고
몇몇은 짙은 선글라스를 쓰고 햇빛을 피해 걷는다
그래, 다들 여유로워 보이는군
좋아 보여
이런 식으로든 저런 식으로든 우린 오랜 시간 만나 왔고

요즘 들어 자꾸 늦는 널 탓하고 싶진 않아

괜찮아 상관없어

그럴 수 있지

아까부터 웨이터가 깐죽거리며 주문하라고 자꾸 눈치를 주네

나는 스테이크 작은 걸로 하나 시키고

아직 나이가 새파란 놈을 지그시 노려본다

이봐! 웨이터! 너 거기 서 봐!

네가 아직 나를 잘 모르는 것 같은데

나는 나이프로 스테이크를 자를 수 있지

있는 힘껏 나이프를 던져 카페 기둥 한가운데에 꽂아 버릴 수도 있어

나이프로 네 눈썹을 죄다 밀어 버릴 수도 있고

포크로 네 속눈썹을 말아서 그 자리에서 꼼짝달싹 못하게 만들어 버릴 수도 있어

내 말 잘 알아들으셨어?

그러니까 그렇게 시건방 떨며 깝죽대지 말라고!

나는 나이프로 스테이크를 썰어

덜 익은 고기를 대충 씹어 삼키고

냅킨으로 입가에 묻은 피를 닦는다

내 말을 들었는지 못 들었는지

놈은 손님들의 테이블로 주문받은 음식들을 갖다 바치
느라 반쯤 정신이 나가 있다

너는 내가 보낸 메시지를 읽지 않고 있다

벌써 한 시간도 더 지났어

이런데도 난 왜 널 잃었다는 느낌이 들지 않는 걸까

네가 오든 안 오든,

문제는 여기서부터 내가 어디로 가야 할지 모르겠다는
거야

그러니 어쩌니

이게 내 스타일이야

뒤로 물러나고 물러나면서 나를 버티고 너를 버티는

이게 나야

스스로도 기가 막히고

실소를 금치 못하고 있어

괜찮아 상관없어

그럴 수 있지

나는 정신을 번쩍 들게 만드는 차가운 레몬주스 한 잔

을 테이크아웃 시킨 뒤

　　25분을 더 기다려

　　D6번 버스를 타고

　　리젠트 파크*로 떠나 버린다

* 영국의 왕립 공원.

오늘 저녁, 성수동에서

너는 묻는다. 우리가 언덕 위 수도원에 갔던 날을 기억해? 아니, 잘 모르겠어. 기억나지 않아서 그렇게 말할 뿐인데 너는 내 말을 믿지 않는다. 그날 우리 함께 있었는데 넌 모른다고 하네. 그러니 어쩌니. 모르겠는걸. 자꾸 보채지 마. 나도 그날이 네가 말하는 그날인지, 함께 있었던 사람이 너였는지, 그게 네 말처럼 수도원이었는지, 돌로 만들어진 오래된 성이었는지도 헷갈려. 너는 난감한 표정을 짓는다. 오늘은 쌀쌀한 바람이 불고 너와 나는 모처럼 서울 시내를 걷는다. 하늘은 이상하게 파랗고, 너무 멀리 있거나, 너무 가깝다. 사람들이 북적거리는 골목길 옆 노점의 귀걸이를 너는 들여다본다. 그중 하나를 들었다 놓기를 반복한다. 그날 수도원 앞에도 이런 느낌의 노점이 있었어. 기억 안 나? 색색의 헝겊을 매단 종들을 팔고 있었어. 여행자들이 정말 많았어. 사람들은 끊임없이 언덕 위로 올라왔지. 수도원 앞 길가, 커피 가게 앞에 줄 선 사람들. 사진가들은 수도원을 배경으로 여행자들의 스냅 사진을 찍어 주었고. 사진기를 갖고 갔더라면 우리도 몇 장 찍었을 텐데. 오늘도 그날처럼 투명한 하늘이야. 이런 하늘을 배경으로 찍은 너의 사진을 난 한 장도 갖고 있지 않아. 유감스럽게도. 나는 말한다. 인물 사진을 찍을 때마다 실망하곤 해. 인물 사진은 그 사람을 가장 잘 아는 사람이 찍어야 한대. 얼마 전, 포트레이트가 필요해서 아는 사진가에게 부탁했는데 가격이 50만 원이라고, 나랑 일주일 동안 함께 지내면서 찍어야 한다고. 그래서 거절했는데 그도 포트레이트는 늘 어렵다고. 사진을 찍는다는 의식(意識) 없이 원하는 사진을 가질 수는 없는 걸까. 우리는 성수동 길을 천천히 걸었고 조그만 건물 앞에서 발을 멈추었다. 너는 아, 그날 우리가 수도원 성벽에 걸터앉아 흑맥주를 마셨던 거 생각나? 사각형으로 깎은 돌들이 성벽을 따라 이어져 있었어. 흑맥주는 시원하고 맛있었지. 그 수도원의 흑맥주는 유명해. 그게 아마 안텍스 수도원이었을 거야. 벌써 15년도 지난 일이 되어 버렸네. 나는 여전히 그런 것도 같고, 아닌 것도 같고, 정말 너랑 갔는지, 다른 사람이랑 갔는지도 모르겠어서 그냥 가만히 있는다. 나는 머리를 갸우뚱하게 한쪽으로 숙이고 머리카락으로 이마를 덮으며 걸어간다. 이상한 빛이 내 머리카락으로 흘러내린다. 내 머릿속은 내가 없는 사진들로 가득하다. 쇼윈도를 흘끗거리며 걷던 네가 길가에 튀어나온

돌부리에 걸려 넘어진다. 너의 손바닥과 무릎에서 피가 흐른다. 우리는 잠시 작은 나무 벤치에 앉아 피가 멎기를 기다린다.

검은 코트가 의자에 걸려 있다

며칠 전, 우연히 들른 가게에서 산 빈티지 코트

크고 헐렁헐렁하고 길이가 발등까지 닿는 코트는 먼지
쌓인 가게 한쪽 구석에 둘둘 말린 채로 처박혀 있었지

XXXL 사이즈일 거라고 짐작해 보는 아주 느슨하고 이
상하게 편안한

질감이 부드러워 자꾸 만져 보게 돼

무겁고 어깨가 아플 것 같은데 괜찮아 그냥 그러려니
할 거야

엄청 큰 사이즈의 남성용 코트를 걸치고 복잡한 홍대
거리를 혼자 걸어 보고 싶었지 똑같은 얼굴들이 밀려오고
밀려가는 거리에서

내 다리 사이로 수백 개의 종소리가 울릴 것만 같았지

겨울이 막 시작된 날이었고 비가 오고 있었고 내겐 낡
은 비닐우산이 하나 있었지

얇은 옷에 스미는 비 냄새

춥지만 아무 생각 없이 걸었던 밤

난 늘 그저 그런 옷들을 좋아했지 무척 싸고 낡기도 한

오늘 밤, 형광등 불빛에 코트를 펼쳐 놓으니 왼쪽 소매

부분에 작은 구멍이 세 개나 있네 담뱃불로 지진 구멍 같
기도 하고
　코트 아랫단에도 찢어져 꿰맨 자국이 있네 오른쪽 어
깨선도 조금 어긋나 있고
　살 땐 몰랐지만 그래서 더 마음에 들어
　내겐 무척 유용하기도 하고 더없이 무용하기도 한
　있어도 그만 없어도 그만인
　누구의 것도 아닌 코트 커다란 단추가 발끝까지 달린
코트

　몹시 키가 크고 뚱뚱한 남자가 입었던 코트일까? 몇 살
이었을까? 어디 살았을까? 멜버른? 밤베르크? 브리스틀?
　아침이면 그는 코트에 몸을 넣고 기하학적으로 아름다
운 도시를 가로질러 출근을 하고 종일 서류 뭉치를 들여
다보거나 전화를 받거나 어디론가 전화를 걸었을 것이다
　저녁에는 식당에서 감자튀김을 곁들인 생선 요리를 먹
고 담배를 피우며 걸어서 집으로 돌아갔을 그를 상상해
본다
　그는 오래전에 죽은 남자일지도 모른다

창백한 흰 발을 가진

남자의 발과 내 발은 사이즈가 비슷할까?

지금은 나에게 와 있지만

세계와 무관해져 버린 코트 낡을 대로 낡은 코트 헐렁

헐렁한 코트

검은 코트가 의자에서 천천히 흘러내리는 밤

여름의 뒷모습

새빨간 구급차 한 대가 집 앞에 멈춰 서고
하얀 우주복 차림의 건장한 남자 둘이 내린다
기다란 금속 막대기를 들고
한 손엔 커다란 쓰레기봉투 들고

말벌들이 집을 짓기 시작한 게 봄의 중간쯤이었나?
벌들은 다른 것에 관심이 없었다
2층 베란다 천정엔 계란만 한 것이,
시간이 좀 더 흐른 뒤에는
작은 브로콜리 같은 것이

뇌의 회백질 같은 징그러운 덩어리가 딱 붙어 있었다

얼굴에서 목까지 망사 보호망을 내려 쓴 남자가 사다
리를 오른다
금속 막대기를 눌렀다 떼며
어느새 축구공만큼이나 커진 말벌집을
커다란 봉지 속으로 무겁게 툭, 떨어뜨린다
조심스레 비닐의 입구를 꽉 묶는다

말벌들이 모두 갇혔다!
성난 벌들이 내는 세찬 날갯소리!
봉지 속 공기가 터질 듯 부풀어 올랐다
비닐봉지가 붕붕 떠오르며 찢어질 것 같았다

남자들은 벌과 함께 떠났다
이런 일은 하루에도 몇 번씩 일어나는
아주 흔한 일이라고
필요하면 또 전화해도 된다고
말벌은 벌집과 함께 태워진다고 한다

그러나 해 질 무렵
마당에 나가 혼자 서성거릴 때나
청명한 오전과 오후가 이어지는 날,
머리 위로 이리저리 날아다니던
말벌들의 음악 소리가 자꾸 생각날지도 모르겠다
이미 어쩔 수 없는 일이 되고 말았지만

흑미사

지붕에서 떨어져 버려! 라고 속삭이는 목소리는 누구입니까 태어나지 마! 라고 속삭이는 당신은 누구입니까 날마다 전화를 걸어도 됩니까 상냥한 오후와 저녁을 함께 보내며 세 번 헤어졌던 연인은 다시 만나도 됩니까 몸 전체에 귀가 돋고 그 자리마다 전화벨이 울립니다 새로 돋은 귀마다 전화기가 걸려 있고 거기서 울리는 벨소리 숟가락을 들고 나를 파먹는 목소리는 누구입니까 솟아나는 건 내 목이 맞습니까 정말 내 옆에 있는 것이 맞습니까 물 위에 비치는 내 모습은 정육면체인데 나는 언제 도형이 되었습니까 찢어지기 좋은 모습으로 선분이 되었다가 점이 되었다가 사라졌다가 다시 자라는 나는 정말 살아 있습니까 문장이 날아옵니다 찌르고 베어 버리는 그런데 떨어지는 것은 핏물입니까 당신이 걷어차는 정육면체 피도 없는 반죽 덩어리 아침마다 경전을 들려주며 나를 빨아 먹는 당신 죽고 싶니? 그래 죽고 싶어 나를 계속 지켜보고 있는 당신 나를 쳐다보기만 해도 내가 움푹움푹 파입니다 그 땅에 오줌을 싸고 긴 문장을 적어 보내도 됩니까 뼈가 덜렁거릴 때까지 나에게 경을 읽어 주는 당신 정말 천사입니까 죽지 않는 문장입니까

이니스프리

여기쯤인데 여기 어디라고 그랬는데 찾아봐도 찾을 수가 없어 큰맘 먹고 외출했는데 괜찮아 있을 거야 매장 직원이 거기 있다고 그랬잖아 말기름 크림이 정말 있긴 있는 거야? 말의 어느 부위를 짜서 기름으로 만들었는지 모르겠어 알러지 피부에 특효약이라는데 말기름 크림을 판다는 이니스프리는 어디 있는 거지? 눈 뜬 장님이 된 기분이야 낯선 간판들만 끝이 없네 신호등 불빛이 바뀌기를 기다리며 서 있는데 이니스프리가 횡단보도 바로 맞은편 건물 1층에 떡하니 있네 이상한 건, 길 건너 저쪽 회색 건물 1층에도 이니스프리가 있고, 멀리 커다란 6층 건물 입구에도 이니스프리가 있네 이니스프리가 참 많구나 어디서든 살 수 있구나 이니스프리가 많아서 좋고 많이 살 수 있어서 너무 좋아 가까운 매장 어디든 상관없어 불빛이 바뀌자마자 횡단보도를 건너 매장 유리문을 밀고 들어가서 저기요, 말기름, 이라고만 했는데 점원은 벌써 진열대 유리 위에 몇 개의 말기름 크림을 꺼내 놓는다 이거 맞죠? 말기름 크림 종류가 수십 가지가 넘어요 국산도 있고 수입품도 있고 생각보다 다양해요 호주산 일본산 중국산 몽골산 러시아산도 있어요 그러더니 묻지도 않고 열

종류도 넘는 말기름 크림을 꺼내서 보여 준다 나는 머뭇
머뭇 어떤 게 좋아요? 묻자 얼추 비슷비슷해요 거기서 거
기예요 결국 다 같은 거라고 보면 돼요 점원은 슬쩍슬쩍
내 눈치를 보며 그거 말고 다른 것도 좋은 게 많아요 말
기름 크림보다 양기름 크림이 더 좋아요라며 처음 보는 양
기름 크림을 내 앞에 척 내놓는다 요즘 말기름 크림 붐이
일어서 그렇지 양기름 크림이 값도 싸고 질도 훨씬 더 좋
아요 유행이 좀 지난 감은 있지만 사용하는 데 아무 문제
없어요 양도 300그램 더 많아요 가렵고 건조하고 아픈 피
부에 이만한 게 없어요 아침저녁 세안 후에 발라 주면 피
부가 촉촉해지고 당기지도 않고 아주 만족하실 거예요 점
원은 재빨리 다른 양기름 크림 몇 개를 꺼내 내 앞으로
밀어 놓는다 필요하시다면 캥거루 꼬리 기름으로 만든 크
림이나 악어 껍질 크림도 있고, 아나콘다를 산 채로 잡아
만든 크림도 있답니다 하더니 농담이에요 하며 웃는다 몇
번을 망설이다가 어디 산인지도 모를 말기름 크림 두 개
와 호주산 양기름 크림 한 개를 계산하고 나오는데 헛웃
음이 실실 나오더라고 크림이 든 비닐봉지를 하릴없이 앞
뒤로 흔들며 말기름, 말기름, 말기름 하며 걸었지 나는 말

의 탄탄한 허벅지를 좋아하지만 말 자지는 가까이서 본 적도, 만져 본 적도 없어 엄청 커다랗고 미끌미끌한 물이 끼로 덮여 있을 것 같은 말 자지 말 자지든 말 좆이든 말 젖이든 지금 그게 문제가 아니야 오늘 밤 말기름 크림을 바르고 편안하게 잠들 수 있을까 온몸에 말기름 크림 바르고 알몸으로 누워 있을 수 있을까 이니스프리에선 화산 송이 모공 크림도 판다는데 여름이 조금씩 벌려 놓은 내 얼굴에 바르면 효과가 있을까 거리에서 사람들이 어깨를 부딪칠 듯 걸어가네 검은 비닐봉지를 흔들며 나는 걸었지 말기름, 말기름, 말기름은 개뿔!

만두와 만두

미루고 미루어도 만두를 만들어야 하는 날이 온다
뭐 해서 밥 먹지? 하다가 아무 생각 없이
찌그러진 양푼에 밀가루를 붓고
만두피를 반죽한다

만두가 흔치 않던 시절,
학교에서 집으로 돌아갈 때
중국집 붉은 담벼락을 돌며 맡았던 만두 냄새
얼굴이 둥글넓적하고 엉덩이가 펑퍼짐한 중국집 남자의
쏼라쏼라 하는 말소리
참 먹고 싶었는데
훔쳐서라도 꼭 하나 먹어 보고 싶었는데
작고 말랑말랑한 만두가 입에 쏙 들어오는 것 같았다

만두를 만든다
물렁물렁한 칼로 피 흐르는 고기를 다지고 김치를 썰고
두부를 으깬다
나쁜 기억이 아무도 모르는 만두를 만들게 한다
만두의 미덕은

무엇을 집어넣고 만들어도 모른다는 것
당신은 만두소에 당신이 모르는 무엇까지 넣어 보았습
니까?

식구들이 왁자지껄 웃으며 주말의 명화를 보던 밤
벌써 20년도 훨씬 지난 밤
슬그머니 우리 방으로 온 고모는 방문에 기대서서
만두 찔까? 물었다
말이 없던 고모
평생 우리 집에 얹혀살던 고모
정말 만두 하나만은 기가 막히게 맛있게 만들던 고모
토요일 밤이면 뜬금없이
만두 찔까? 문간에 서 있었다

일만 하던 고모
중국 여자처럼 발이 작은 고모는
쉰 만두 냄새 풀풀 나는 방에서 혼자 죽었다
따뜻한 만두를 우물거릴 때면 고모가 생각났다
퉁퉁 부은 두부 같은 발이 이불 밖으로 늘어져 있었다

> 그와 나는 만두 가게에서 처음 만났고 다음 날도, 그다
음 날도 함께 만두를 먹었다
　군만두, 찐만두, 왕만두, 김치만두, 고기만두, 물만두, 꿩
만두……
　커다란 양은솥에 김이 설설 오르고
　우리는 말없이 뜨끈뜨끈한 만두를 삼켰다
　달콤새콤한 단무지
　식초와 고춧가루를 섞은 간장
　여러 접시 먹었지만 돈이 많이 나오지 않아서 좋았다
　넌 만두처럼 조용해서 좋아, 그랬는데
　짧은 시간이었지만
　우리는 함께 만두의 세계에 탐닉했었는데
　── 나는 너에 대해 아는 게 아무것도 없어 ──
　메모 한 장을 남기고 그는
　만두 가게 의자를 구둣발로 차고 떠났다

　만두를 먹으며 나는 어른이 되었다
　잘게 부서질수록 웃을 수 있게 되었다
　작아지는 나를 껴안고

작은 사람이 되어 가고 있다
주름 속에 나를 집어넣고
입을 꿰맨 채 살아 있지만
당신은 오늘도 커다랗게
입을 찢으며 웃고 있습니까

수학 시간

고등학교 3학년 수학 시간,
선생님이 앞문으로 들어오는데
나는 뒷문으로 몰래 교실을 빠져나왔다

운동장과 맞닿은
긴 보리밭
너머로
해가 지고 있었다

이대로 어디론가 꺼져 버릴까

연못물에 비치는 거무스름한 얼굴
물속에 처박고
머리통 휘저으며 발버둥 친다 해도
끝내 빠져나오지 못할 얼굴

너는 누구니?
너는 누구니?

퀭한 눈동자가 물살에 흔들리며 웃고 있었다

학교 뒷산,
낯익은 공동묘지
사시사철 손 들고 쩔쩔매는 소나무들
골짜기를 훑고 지나가는 수상한 바람 소리
미지근한 무덤에 기대어 잠들었는데

결국 선생님 손에 붙들려 내려왔다
교무실에 엎드려 팔굽혀펴기 스무 번
엎드려뻗쳐 자세로 한 시간이 지났다

잘못했다고 안 할 거야?
계속 이럴 거야?

사정없이 주먹이 얼굴로 날아들었다
입안으로 흘러드는
찝찔한 코피 빨아 먹으며
킥킥킥,

나는 터져 나오는 웃음을 참지 못했다

오스티나토*

*

부엌의 첫 번째 서랍을 열면 깨끗하게 닦인 수저와 포크, 날이 번뜩이는 칼, 덜 잠긴 수도꼭지에서 떨어지는 물방울들, 퀴퀴하게 말라 가는 행주 냄새. 어떤 날, 나는 자살자는 같은 고통으로 다시 태어난다고 말한 죽은 시인을 생각하고, 대마가 자라던 바닷가 마을에서 보낸 여름 저녁을 생각한다. 해가 막 바다에 잠기고 사방이 온통 붉은빛으로 변해 가던 오후 6시의 해변을 나는 혼자 걸어가고 있었을 것이다. 하얀 반바지를 입고, 말린 대마를 씹으며, 이어폰 음량을 최대로 높인 채 청량하고 건조한 대기 속을 피부병을 앓는 개들과 함께 걸어가고 있었을 것이다. 밤이 오기 전, 사구의 끝에 멈춰 서서 젖은 머리카락을 손가락으로 쓸어 넘기며 멍하니 서 있었을 것이다. 어둠이 다가와 어서 나를 삼켜 주기를 기다리며, 쓸모없는 두 손을 바지 주머니에 집어넣은 채.

*

어떤 날, 내가 쓰레기라는 것을 알게 되고, 네가 쓰레기라는 걸 알게 되고, 쓰레기더미 위에 주저앉아 있던 어떤 날. 나는 자주색 단추를 입에 넣고 집 주변을 어슬렁, 산책했지. 단추를 빨고, 손가락 두 개를 붙였다 떼었다 하며 침을 늘여도 보고. 아침 햇살에 침은 투명하게 빛났다. 길을 걸으며 기침을 하고, 컹컹 기침을 하고, 단추를 토하고, 단추가 굴러가고, 단추를 따라 내가 달리고, 단추 구르는 소리가 조용한 동네를 온통 뒤흔들고, 단추가 검은 구멍 속으로 들어가 버리고, 며칠 동안 구멍 속에서 단추가 울고, 나는 단추가 보고 싶어 눈물을 흘리며 종일 구멍 속을 들여다보았지.

*

어떤 날, 나는 칼 한 자루를 손에 들고 산속으로 들어가 구멍을 파고, 구멍 속에 칼을 묻었다. 구멍에 침을 뱉고, 돌을 던지고, 칼을 찾으러 올 미래의 한 사람을 생각했다. 구멍 위에서 뛰고, 구멍에 구멍을 내고, 구멍에 발이 빠지고. 부러진 나뭇가지로 문질러 길을 지워 버리고, 불을 질러 길을 태워 버리고, 구멍 곁에 쪼그려 앉아 하염없이 구멍 속을 들여다보고 있다. 오늘 밤, 나는 집으로 돌아가지 못할지도 모른다. 해가 지고, 밤이 오고, 승냥이들이 날뛰며 울어 대는 저 산속 어딘가에 나란 사람이 있겠지. 그곳에 남아 혼자 오래 살아 가고 있겠지.

* 리듬 형태의 계속적인 반복.

양말과 앵무새

양말······ 양말······ 중얼거리며 멍하니 길을 걷다가, 바람이 콧등을 스치는 걸 느끼며 여름이 가고 있구나······ 하다가, 횡단보도의 흰 선들이 휙 구부러지면서 뱀처럼 지팡이처럼 허공으로 날아가는데, 햇빛이 이마 위로 쏟아지는데, 아지랑이가 뜨겁게 일렁거리고 정신이 아득해집니다. 신호등이 초록으로 바뀌는데, 사람들은 모두 떠나가는데 "나는 저 초록색을 너무 사랑해." 나만 횡단보도를 건너지 못하고 발을 동동 구르며 서 있습니다. 길바닥에 비닐만 깔고 앉은 할머니들이 상추 사요, 우리 밭에서 방금 따 온 상추 사요 해서 상추를 사고, 깻잎과 풋고추도 사고, 조금 더 달라고 덤을 받아 넣고 걸어갑니다. 어릴 때 살았던 시골에서부터 망상이 걸어옵니다. 장이 파하도록 팔지 못한 시든 푸성귀 단을 머리에 이고 휘청휘청 망상이 걸어옵니다. 커다란 고무 다라이 안에 뒤엉켜 바글거리는 미꾸라지들이 토해내는 흰 거품은 왜 그렇게 허무하면서도 싱싱한지. 한사코 물 밖으로 나가려는 자라를 물통 안으로 집어넣는 대머리 아저씨. 대파 파는 아주머니 앞에 갓 다듬은 대파가 수북이 쌓입니다. 그걸 보며 서 있다가 오늘도 양말을 잊고 돌아옵니다. 나에게도 짝짝이 양말을 신고 다리를 예쁘게 모아 보던 시절이 있었는데, 목이 늘어진 양말을 끌어올리며 학교에 갔는데, 왜 양말을 세 켤레만 사 놓고 그렇게 싸웠는지. 양말…… 양말…… 외워 보지만 잊어버리고, 종이에 적어 들고 나가도 내 손에는 종이가 없고, 종이가 있기나 했던 건지조차 기억나지 않습니다. 달걀이나 생수처럼 양말이 일주일에 한 번 배달될 수 있었다면 우리가 다투지 않았을까? 양말 사세요, 양말! 확성기로 골목과 아파트가 시끄러워지고, 아줌마들이 양말을 사러 뛰어나가고, 트럭은 사람들로 둘러싸이고, 양말은 금방 동이 나고, 사거리는 꼼짝달싹 못 하게 막히고, 차들이 클랙슨을 연거푸 울려 대고, 누구냐 누구? 다들 나와! 몽둥이를 든 한 떼의 사람들이 몰려오고, 한순간 모든 게 쑥대밭이 되어 버리는 상상을 하다가 이게 뭐지? 고개를 흔듭니다. 마침내 그는 집을 나가 버렸습니다. 나와 앵무새 둘만 남겨 놓고. 시간이 지나도 그는 돌아오지 않습니다. 어느 날, 나는 알게 되었습니다. 모든 게 양말 때문이 아니라 저 앵무새 때문이라는 것을. 저 놈의 앵무새가 양말…… 양말…… 지껄여 주었더라면 양말 사는 걸 잊지 않았을 텐데. 오늘도 앵무새는 가느다란 발에 양말을 걸치고 방 안을 이리저리 날아다니며 정신을 뺏습니다. 의자에 도사리고 앉아 나를 노려보고 있습니다. 넌 참 이상해. 그놈의 양말만 아니면 있는 듯 없는 듯 아주 조용하거든. 하긴 그러다가도 한곳에 마음을 빼앗기면 전혀 딴사람이 되어 버리지만 말이야. 그의 말을 생각하며 키득거리기도 하지만 아무리 생각해도 망할 놈의 저 앵무새 때문입니다. 시도 때도 없이 천정을 향해 솟구치는 앵무새 때문인 것입니다. 우리가 서로를 향해 욕설을 퍼부을 때, 그 욕설을 한 자도 빠트리지 않고 다시 들려주던 앵무새가 아닙니까. 그런 앵무새가 양말에 대해서는 한마디도 하지 않았던 것입니다. 지금껏 쭉 그렇게 나를 조롱해 왔던 것입니다. 이제 말을 잃은 앵무새, 잠도 거의 자지 않는 앵무새, 밥도 먹지 않는 앵무새, 아무 짝에도 소용없는 앵무새인 것입니다. 그가 떠난 뒤, 양말 트럭은 일주일에 한 번 아파트 앞 도로변에 주차하고, 사람들은 마음에 맞는 양말과 레깅스를 고릅니다. 희고 검은 양말 갈색과 노란 양말 색색의 양말들이 잘 진열된 채 손님들을 맞습니다. 다섯 켤레, 열 켤레씩 묶인 양말들이 트럭 좌대에 가득합니다. 오늘 나는 목이 짧은 흰 양말과 목이 긴 검은 양말을 샀습니다. 잠들기 전에 검은 양말들을 침대 한편에 가지런히 눕혀 놓습니다. 한밤중, 가로등 불빛이 작고 초라한 방을 비출 때, 알록달록한 줄무늬 양말이 한 마리 털벌레처럼 꿈틀거리며 기어갑니다.

안드로메다

그날 이후 너는 자꾸만 가자고 한다 몇 번이고 전화를 걸어서 가자고 한다 너랑 같이 가고 싶어 가 보면 알게 될 거야 기차를 타고 가자 버스를 타고 가자 걸어서라도 가자고 한다 난 너무 지쳤어 어디로도 가고 싶지 않아 제발 전화 좀 하지 마 전화벨이 울릴 때마다 항문이 아프다고! 날 내버려 둬! 나에게 왜 이러는 거야? 가 봤지만 아무것도 없었잖아 기차로 두 시간을 달려 버스를 갈아타고 내려서 한참을 걸었어 거짓말처럼 그곳에는 아무것도 없었어 너덜너덜해진 쪽지를 들여다보며 너는 고개를 갸웃거렸지 조금만 더 기다려 보자 밤이슬에 젖은 채 우리는 서 있었다 골짜기에 울리는 승냥이 울음소리 들으며 쓰레기 쌓인 공터로 부는 바람 들이마시며 우리는 기다렸지 아침이 오고 침 질질 흘리며 바닥에 쓰러진 나를 너는 내려다보았지 냄새나는 땅에 얼굴을 처박고 나는 엎드려 있었다 쓰레기 국물이 천천히 옷에 스며들었다

한동안 잠잠하다 싶었지 그날 나는 대장항문외과에 있었어 누군가 손을 넣어 만지고 있어요 아무 문제 없는데요 의사는 웃으며 우리는 이걸 예술가의 똥꼬라고 부르죠 휴대전화가 크게 울렸다 또 너야? 아무 데도 가고 싶

지 않다고 했잖아 나는 온종일 방 안을 걸어 다니는 도보 여행자라고! 현관문을 열고 한쪽 발을 밖으로 내밀었다가 재빨리 들여놓은 것이 내 외출의 전부야

　몇 달 후, 또 전화가 왔다 같이 가자고 이게 마지막이라고 반신반의하며 따라간 곳이 마을에서 멀리 떨어진 허허벌판이었다 풀들이 허리께로 쏠리고 개양귀비꽃들이 지천으로 피어 널브러진 곳 우리가 타고 갈 버스가 이곳으로 올 거라고 한밤중에 덜컹덜컹 빈 버스가 지나가는 것을 보았다고 그 버스는 우리를 머나먼 안드로메다까지 데려가 줄지도 모른다고 정거장도 없는 들판에 서서 기다렸다 푸른 하늘이 문을 열어 놓은 채로 어두워졌다 밤이슬을 흠뻑 뒤집어쓴 채 우리는 기다렸다 버스는 오지 않았다 내일은 꼭 올 거야 여기서 죽고 말 거야? 너는 나를 흔들었다 우리는 어디로도 가지 않는다 어디로도 갈 수 없다 우리는 빈 들판에서 주머니가 터져라 두 손을 쑤셔 넣고 되새김질하며 서 있다

갔다

이하에 갔다. 기차로 15분, 산길을 걸어가면 두 시간 걸리는 이하. 이하에 가면서 이하 생각을 했고, 이하에 도착해서도 이하 생각을 했다. 이하에 갔다. 어떤 날에는 집 뒤로 난 산길을 걸어서 갔다. 흰 개와 함께 갔다. 흰 개의 흰 눈동자와 함께 갔다. 한두 번 간 게 아니다. 눈 감고도 갈 수 있었다. 누구하고도 마주치지 않았다. 외롭지 않았다. 무섭지 않았다. 흰 개가 있었고, 내가 있었고, 계속해서 우리를 지켜보고 있는 그가 있었다. 이하에 갔다. 어떤 날에는 기차를 타고 갔다. 의자에 귀를 대고 엎드린 채 덜컹, 덜컹, 덜컹 열차 바퀴 구르는 소리 들으며 갔다. 침목에 밴 오줌 냄새 맡으며 갔다. 바퀴와 바퀴 사이에 끼여 돌아가며 내지르는 해골의 비명 들으며 갔다. 내 귀는 아주 작은 소리도 들을 수 있었다. 숨어서 나를 지켜보는 그의 웃음소리조차 다 들렸다. 머나먼 소리도* 잘 들렸다. 어디로 가느냐고 그가 물었다. 왜 가는지, 갈 수는 있는 것인지 물었다. 언제까지 가야 하는지 물었다. 기차는 세 시간째 이하로 가고 있었다. 오래전부터 이하로 가고 있었다. 열차 난간 끝에서 몸을 한껏 뒤로 젖히고 나를 부르는 목소리가 들렸다. 한 번도 들어 본 적 없는 목소리였다. 똥

덩어리들이 가득 흘러내리는 변기에서 음탕한 목소리가 들려왔다. 그의 목소리 같기도 하고, 아닌 것 같기도 했다. 나는 이하로 가고 있었다. 계속해서 가고 있었다. 나는 혼자였다. 아니, 그의 목소리와 함께였다. 흰 개의 흰 눈동자와 함께였다. 날씨는 좋았다. 기적 소리가 대기 속으로 불규칙하게 흩어졌다. 오늘인지 어제인지 몰랐다. 기다리는 것 말고 할 수 있는 게 아무것도 없었다. 열차 손잡이가 규칙적으로 흔들렸다. 밝은 초록색이었다. 구두와 모자와 무거운 겉옷을 차례로 벗었다. 손잡이에 목을 매달고 기다리기에는 아직 충분한 시간이 남아 있었다.

* 베케트.

산책의 가능성

데이지는 공원을 걷고 또 걸었다. 데이지는 그 일을 누구에게도 발설하지 않았다. 데이지가 입을 열지 않는다면 누구도 그 일에 대해 알지 못할 것이다. 금발에 검고 부드러운 피부를 가진 수전은 멀리 아프리카에서 왔고, 함부르크나 말라가에서 온 친구들도 있었지만 클래스의 반을 넘게 채운 건 왁자지껄한 중국 소녀들이었다. 그들은 삼삼오오 모여 자신이 새로 만든 슈트나 재킷, 다음 촬영 때 쓸 조명의 색이나, 모델 에이전시에서 보낸 열여섯 살짜리 뉴 페이스에 대해 이야기를 나누었다.

그날따라 얇은 옷차림을 한 데이지는 몸을 한껏 움츠리고 걸었다.

그날따라 사방에서 불어오는 바람이 데이지의 머리칼을 한껏 어수선하게 만들었다.

시종일관 다리를 절뚝이며 걷는 데이지.

펼쳐지고 펼쳐지는 새로운 산책로를 따라 데이지는 아

무 생각 없이 나아갔다. 수령을 짐작할 수 없는 나무들이 산책로 양쪽을 빼곡하게 채우고 있었고, 데이지는 나무들에게서 알 수 없는 위로를 받았다. 데이지는 걷고 또 걸었다. 그때마다 데이지의 몸이 한쪽으로 조금 기울었다가 일어나기를 반복했다. 시(市)에서 공들여 만든 모래 언덕과, 빛의 기울기에 따라 색이 변하는 조각상, 잊을 만하면 들리는 물닭의 울음소리는 산책의 가능성을 더욱 넓혀 주었다. 전공 네 과목 모두 C 학점을 준 뚱보 교수를 데이지는 이해하기 어려웠다. 졸업 성적표를 받은 날 데이지는 밤새 끙끙 앓았다.

데이지가 잠시 쉬어 가려 칠이 벗겨진 작은 벤치에 앉았을 때, 맞은편에 개 세 마리가 나타났다. 검정색 핏불테리어 두 마리와, 종을 알 수 없는, 머리와 꼬리에 갈색 털이 무성한 개 한 마리가 중년 남자와 함께 천천히 다가왔다. 개들은 저마다의 힘을 못 이겨 비틀대고 있었다. 세 개의 줄을 바짝 감아쥐고 남자는 안간힘을 쓰고 있었다. 긴 산책 끝에 살짝 피곤해진 데이지는 멍하니 개들을 바라보고 있었다. 길은 텅 비어 있었다. 나뭇잎 하나 떨어지지 않았다.

　그때 무엇에 놀랐는지 개들이 마구 날뛰기 시작했다. 개들이 미친 듯이 짖어 대고, 목줄이 뒤엉키고, 마침내 남자가 쥐고 있던 줄을 놓쳤다. 남자의 고함에도 불구하고 개들은 데이지를 향해 달려들었다. 순식간에 일어난 일이었다. 핏불테리어는 데이지의 치마와 블라우스를 갈기갈기 찢었고, 갈색 털북숭이 개는 데이지가 아끼는 가방과 머플러를 물어뜯었다. 그러고도 성에 차지 않았는지 이번에 개들은 데이지를 향해 달려들었다. 데이지는 개들의 아가리 아래 놓인 어떤 것일 뿐, 아무것도 아니었다. 그때 남자가 다급하게 휘슬을 불었다. 짧고 강렬하게. 한 번, 두 번, 세 번. 남자는 최대한 힘을 주어 휘슬을 불었다. 그 소리에 개들이 동작을 멈추었다.

　사이렌을 울리며 앰뷸런스가 도착할 때까지 데이지는 바닥에 그대로 누워 있었다. 남자는 어쩔 줄 모르고 우왕좌왕하고 있었고, 개들은 주인의 명령에 따라 엉덩이를 바닥에 붙이고 꼼짝 않고 앉아 있었다. 스트레처카에 실려 데이지가 공원을 떠날 때, 불어온 바람에 날아간 데이지의 모자가 공중을 이리저리 떠다니고 있었다.

Portra 400[*]

일출 전에 마게이트[**]로 가는 기차에 오른다 기차는 출발한다 우리는 마주보고 앉는다 너는 열차가 달리는 순방향으로, 나는 역방향으로 앉는다. 기차가 계속 뒤로 물러나서 나는 조금 매스꺼워진다 일출 시간, 해가 떠오르고 주변이 밝아진다 눈이 부시다 오늘 너는 노란 모자를 쓰고 있고 햇빛을 막으려고 모자를 아래로 내리고 눈을 감았다 모자는 어느 날, 우리 둘이 들어간 모자 가게에서 내가 권해서 산 모자다 모자 하나를 고르면 노란 모자, 또 하나 골라도 노란 모자, 그리고 그 밑을 들춰 보면 다시 노란 모자, 생각난 듯 노란, 그렇지만 노란 모자 나는 가방에서 필름 카메라를 꺼내 초점을 맞춘다 서른여섯 장의 필름 한 번도 찍은 적 없는 새 필름이다 나는 조리개를 열어 빛을 조절한다 찰칵, 노란 모자로 덮인 네 얼굴을 찍는다 필름이 감기는 소리 찍고 난 뒤 남은 필름의 숫자를 확인한다 다시 한번 셔터를 누른다 나는 최대한 신경 써서 너를 찍는다 인물 사진 찍는 게 가장 어렵다 언젠가 내가 찍어 준 너의 사진 중에서 마음에 드는 것이 한장도 없다고 너는 투덜거렸지 나는 오늘 너에게 어떤 사진을 찍어 주게 될지 우리는 지금 한 번도 가 본 적 없는 낯선 도시로 가고 있고 도시는 바다를 끼고 있고 바다 앞에서 너는 또 아름다운 포즈를 잡을 테지 햇빛에 반사되며 일렁거리는 물결무늬 앞에서 너의 모습을 어떻게 그려 주어야 할지 모르겠어 기차는 직진으로 달리고 있다 지금 어디야? 잠든 노란 모자를 내리며 네가 묻는다 아직이야 조금만 더 가면 돼 우리는 마주 앉아 있다 너는 순방향으로, 나는 역방향으로 기차는 달리고 너는 노란 모자를 쓰고 있다 생각난 듯 불쑥 네가 말한다 "중간에 내려서 어디 들러 뭐 좀 먹고 갈까?" "오늘 비가 오진 않겠지?" 어느새 기차는 해변을 끼고 달리고 파도의 흰 포말이 밀려온다 작은 파도, 큰 파도, 더 큰 파도들이 밀려오고 있다 오전 9시, 우리는 기차에서 내린다 마게이트에 도착했다

* 35mm 필름. 인물 사진, 패션 사진, 여행 사진을 찍는 데 뛰어나다.
** 영국 도시.

융기하는 뿔과 함몰하는 구멍의 언어

김언(시인)

　오랜만에 '그로테스크(grotesque)'라는 말이 어울리는 시집을 만났다. 말 그대로 기괴하고 끔찍하고 부자연스럽게 일그러진 이미지가 넘쳐나는 시집. 신성희 시인의 첫 시집을 형용하는 데 딱 들어맞는 저러한 수사는 2010년대 중반부터 우리 시단의 지배종으로 자리 잡아 온 선하고 유순한 화자들의 시에는 당연히 어울리지 않는다. 시에서도 옳은 것과 좋은 것에 대한 윤리적인 감각을 놓지 않는 화자와 정반대의 지점에서 발화하는 듯한 신성희 시의 화자는 그래서 문제적이고 그래서 숙고를 요한다. 시단의 기류를 정면으로 거스르는 듯한 그의 시는 "문장이 날아옵니다 찌르고 베어 버리는 그런데 떨어지는 것은 핏물입니까"(「흑미사」)라는 표현에서 엿보이듯 날카로운 흉기와 그로

131

인한 상처가 거의 모든 문장에 스며 있거나 말라붙어 있는 형국을 이룬다.

온갖 위해(危害)와 도륙이 난무하는 현장에서 먼저 주목되는 것은 흉기다. 흉기가 먼저 눈에 띄면서 장면 장면의 분위기가 이상한 긴장감으로 채워지는 것은 영화에만 한정되는 장치가 아니다. 날카롭게 돌출되는 흉기를 먼저 보여 주는 방식으로 말을 시작하는 시. 그것이 신성희 시의 일단을 이룬다면, 마치 현장 조사를 하듯이 흉기로 동원된 연장부터 살펴보는 것이 순서겠다. 들여다보니 한둘의 목록으로 그치지 않는다. 칼, 식칼, 톱, 삽, 채찍 같은 연장이 번번이 등장하는데, 하나하나 수거해서 펼쳐 놓는 틈새로 다른 물건들도 어쭙잖게 끼어든다. 뿔, 나무, 이빨, 발톱, 나이프, 포크, 굴착기, 포클레인에 이어 손, 뱀, 불처럼 그 자체 흉기라고 할 수 없으나 언제든 흉기로 돌변할 수 있는 사물들이 시집의 구석구석을 차지하고 있다. 아래는 손에 잡히는 대로 뽑아 본 예들이다.

"식칼이 꽂히면// 사납게 울던 대문이 조용해지고"(「말복」)

"원주민 사내의 칼은 단번에 순록의 심장을 깊숙이 찌른다"(「순록」)

"늑대 이빨 같은 별들이/ 밤하늘을 마구 물어뜯는다"(「불타는 집」)

"검은 나무가 혼자 걸어 다니면 밤이었다/ 히늘로 뻗친 몽둥이 같았다"(「구덩이」)

"사내가 채찍을 끌며 다가오는 소리"(「양배추」)

"나는 나이프로 (……) 네 눈썹을 죄다 밀어 버릴 수도 있고/ 포크로 네 속눈썹을 말아서 그 자리에서 꼼짝달싹 못하게 만들어 버릴 수도 있어"(「그럴 수 있지」)

"아름다운 불이/ 아름다운 불이/ 아이의 얼굴을, 손을 씹어 먹는다/ 저렇게 덩치 큰 육식동물은 생전 처음이다"(「아름다운 불이」)

찌르거나 베거나 때리거나 물어뜯거나 태워 버리는 용도가 전제된 저와 같은 사물들 사이에서도 남다른 비중을 차지하는 사물이 있으니, 바로 '뿔'이다. 빈도수는 많지 않으나 시집의 초반부부터 등장하여 다른 공격적인 사물까지 한데 아우르는 모종의 상징성을 지닌 시어로 쓰이기 때문이다. 시집을 지탱하는 축이자 핵심어 역할을 겸하는 뿔이 맨 처음 등장하는 사례부터 살펴보자.

저것은 나의 뿔일 것이다

감출 수 없는 마음이
어디로도 나지 않는 길을
찾으며 내 뿔이 저기로

걸어갔을 것이다

벗어 놓았던 내 피부들이
서로에게 기대고 기대어
뾰족해졌다

갇혔던 소리들이 시끄럽게
검어졌을 것이다
꽃 하나 자라지 못하게 딱딱해졌을 것이다

거대한 몸집을 감추며 밤에만 걸어갔을 것이다
터져 나오는 울음을 억누르며
조금씩, 조금씩 서쪽으로 융기했을 것이다
검은 뿔로 천천히 솟아났을 것이다

—「검은 뿔산」 부분

어두운 밤 멀리서 윤곽으로만 잡히는 산봉우리를 "검은 뿔산"으로, 검은 뿔산을 다시 "나의 뿔"로 바꿔 부르는 곳에 화자의 내면을 투영하고 있는 시이다. 이때 투영되면서 발생하는 이미지 역시 뿔이다. 어떤 뿔이냐 하면, "감출 수 없는 마음"과 "벗어 놓았던 내 피부들"과 "갇혔던 소리들"과 "터져 나오는 울음"이 응어리진 채 솟아오르는 뿔. 여러 색깔의 응어리가 결과적으로 검은색을 향해 간다면 여러 삼성의 응어리는 끝내 깊고 딱딱한 뿔로 융기한다. 융기하면서 "어디로도 나지 않는 길을" 걸어간다. "꽃 하나 자라지 못하"는 그 길을 "거대한 몸집을 감추며 밤에만 걸어"가는 뿔에 투영된 화자의 심경은 언뜻 공격적인 성향과는 거리가 멀어 보인다. 오히려 상처로 똘똘 뭉친 자의 설움이나 외로움이 먼저 읽히는데, 이처럼 공격성을 지닌 사물의 이면에서 새삼 상처의 흔적이 엿보이는 것은 비단 뿔에만 해당하는 사항이 아니다. 앞서 열거한 온갖 폭력적인 연장들의 이면에서도 종종 목격되는 것이 폭력에 노출된 자의 상처다. "그곳에서 그는 나를 때렸다/ 나는 결을 따라 찢어진다"(「톱」), "개를 잡던 사내가// 나를 향해// 칼로 공중을 갈랐다"(「말복」), "사정없이 주먹이 얼굴로 날아들었다/ 입안으로 흘러드는/ 찝찔한 코피 빨아 먹으며"(「수학 시간」)에서 확인되듯 내가 무기를 들기 전에, 아니 내가 흉기가 되기 전에 나를 폭력적으로 다룬 흉기와 무기가 먼저 있었던 것이다. 흉기와 무기로 점철된 폭력의 현장이 나의 피부에 새겨지면서, 그러한 폭력의 시간이 피부 깊숙이 누적되면서 역으로 솟아오른 결과물이 어쩌면 뿔이 아닐까.

그렇다면 뿔은 폭력의 기억을 "땔감"(「불타는 집」)으로 삼아 솟아오르는 불과 같은 것이며, 불타는 현장을 통과해 온 자의 육성은 그대로 불의 언어이면서 신성희 시의 언어이기도 할 것이다. "언니는 불타는 얼굴로 방 안에 앉아 있습니다/ 집에 난 불이 얼굴을 태웠습니다/ 왼쪽 뺨에 모르는 생물을 키웁니다// 언니는 명령하는 사람이 되어 갑니다"(「산딸기의 계절이에요」)에서 집약적으로 보여 주는바, 불로 상징되는 폭력에 노출된 얼굴과 정체불명의 생명(나중에 뿔로 성장할)을 키우는 얼굴과 폭력적으로 명령하는 얼굴은 서로 별개의 얼굴이 아니라 한 몸에서 뻗어 나온 시간대만 다른 얼굴이다. 그 얼굴은 물론 폭력으로 물든 얼굴이다. 때리든 맞든 폭력으로 점철된 얼굴은 그래서 가학과 피학이 한데 뒤엉킨 현장이 되기도 한다. 가령, "나는 삽으로 마당을 판다"와 "아까부터 누군가 삽으로 나를 내리찍고 있다"가 동시에 일어나고 있는 현장, 혹은 "아무 소리도 내지 않은 척/ 다시 마당을 파는데/ 누군가 돌로 내 머리를 내리찍는다/ 나야 나……"(「굴착기와 포클레인」)와 같은 사건이 벌어지는 현장에서 폭력을 행하는 자는 동시에 폭력을 당하는 자이며, 따라서 "나야 나"라는 대사가 어느 편에서 나온 것인지 판별하는 일은 무의미하다.

삽이든 곡괭이든 혹은 굴착기든 포클레인이든 땅을 파는 도구는 그 결과물로서 구덩이를 만든다. 땅 파는 도구들이 뿔의 변형이자 상관어라고 할 때, 땅에 팬 구덩이는 구멍의 성격을 지니면서 뿔과 불가분의 관계를 맺는다. 말하자면 뿔의 결과물로서 구멍이 생기는가 하면 구멍을 전제로 해서 뿔이 생성되는 관계. 융기하는 뿔과 함몰하는 구멍이 단짝처럼 등장하는 사례 역시 신성희의 시에서 어렵지 않게 찾을 수 있다. 톱을 두고서도 "검은 구멍이 하나 내려온다"(「톱」)로 처리한 장면을 비롯하여 "사람들은 검은 나무에게 절을 하며/ 구덩이를 판다"(「구덩이」), "숟가락을 들고 나를 파먹는 목소리는 누구입니까 (……) 당신 나를 쳐다보기만 해도 내가 움푹움푹 파입니다"(「흑미사」), "어떤 날, 나는 칼 한 자루를 손에 들고 산속으로 들어가 구멍을 파고, 구멍 속에 칼을 묻었다"(「오스티나토」) 등에서 톱, 검은 나무, 숟가락, 칼로 변형된 뿔의 이미지와 구멍의 이미지가 긴밀하게 엮인 관계임을 확인할 수 있다.

짝패처럼 맞물린 뿔과 구멍의 이미지는 한술 더 떠 아예 한 몸이 되는 단계로까지 나아간다. 양말, 자루, 모자처럼 융기된 형상과 함몰된 형상을 한 몸에 거느린 사물이 드물지 않게 등장하는데 아래는 그 사례 중 하나다.

넌 참 이상해. 그놈의 양말만 아니면 있는 듯 없는 듯 아주 조용하거든. 하긴 그러다가도 한곳에 마음을 빼앗기면 전혀 딴사람이 되어 버리지만 말이야. 그의 말을 생각하며 키득거리기도 하지만 아무리 생각해도 망할 놈의 저 앵무새 때문입니다. 시도 때도 없이 천정을 향해 솟구치는 앵무새 때문인 것입니다. 우리가 서로를 향해 욕설을 퍼부을 때, 그 욕설을 한 자도 빠트리지 않고 다시 들려주던 앵무새가 아닙니까. 그런 앵무새가 양말에 대해서는 한마디도 하지 않았던 것입니다. 지금껏 쭉 그렇게 나를 조롱해 왔던 것입니다.

—「양말과 앵무새」 부분

　인용문만 놓고 보면, 화자인 나는 양말 때문에 그에게도 핀잔을 듣고 앵무새에게도 조롱을 받는 신세다. "그놈의 양말"이라는 표현이 환기하듯 양말은 나에게 애증이 교차하는 대상이다. 시의 전문을 참고하면 내가 지속적으로 욕망하는 대상이면서 번번이 그 사실을 망각하는 대상이기도 하다.("양말…… 양말…… 외워 보지만 잊어버리고, 종이에 적어 들고 나가도 내 손에는 종이가 없고, 종이가 있기나 했던 건지조차 기억나지 않습니다.")

　"그놈의 양말" 때문에 그와도 불화하고 앵무새로부터도 소외되는 처지인데도, 내가 정작 불만을 품는 곳은 양말이 아니다. 양말을 대하는 나의 어정쩡한 태도도 문제 삼지 않는다. 오직 앵무새를 향해서 비난을 보낸다. 이유는 한 가지다. "우리가 서로를 향해 욕설을 퍼부을 때, 그 욕설을 한 자도 빠트리지 않고 다시 들려주던 앵무새"가 "양말에 대해서는 한마디도 하지 않았"기 때문이다. 앵무새가 한 번이라도 양말을 호명해 주었다면 나는 양말 사는 것을 잊어 먹지 않았을까? 혹은 양말에 대한 생각을 더 온전히 가질 수 있었을까? 아직은 모를 일이다. 다만 이런 질문은 더 해 볼 수 있겠다. 앵무새는 왜 양말에 대해서는 한마디도 하지 않았던 것일까? 혹 한마디도 할 수 없었던 것은 아닐까?

거의 양말 성애자처럼 양말에 꽂힌 사람이 양말에 대해 끊임없이 지껄이면서도 양말을 직면하지 못하는 것과 마찬가지로, 앵무새 역시 다른 말은 열심히 따라 하면서도 양말에 대해서는 끝까지 함구하는 방식으로 내 곁에 있다. 내게 그토록 중요한 대상이 양말이라면, 같이 사는 앵무새만큼은 그 양말에 대해 뭐라도 얘기해 줄 법한데, 그런 일은 끝내 일어나지 않는다. 내가 말하지 못하는 것은 앵무새도 끝내 말하지 못하는 것이다. 그럼 왜 말하지 못하는 것일까? 왜 말할 수 없는 것일까?

여기에 대한 답변은 양말의 돌출된 측면보다는 함몰된 측면에서 찾는 것이 적절해 보인다. 밖으로 돌출된 측면은 양말의 외양(뿔)을 이루고 안으로 함몰된 측면은 양말의 이면(구멍)을 이룬다. 돌출이 욕망의 외형을 이룬다면 함몰은 욕망의 근거를 이룬다. 말하자면 구멍 때문에 뿔과 같은 욕망의 형상이 생겨났다고 봐야 할 것이다. 뿔처럼 돌출된 형상은 눈에 보이지만, 그것을 가능케 한 저 깊숙한 구멍은 좀체 보이지를 않는다. 어쩌면 영영 보이지 않기에 어떤 말도 할 수 없는 것이 아닐까. 아니면 어떤 말을 하더라도 비어 있는 허방에 계속 빠지는 꼴이 되는 것이 아닐까. 욕망의 무의식적 구멍이라고 할 수 있는 이 비어 있는 공간은 신성희의 시에서 상황을 바꿔 가며 계속 등장한다.

그런데 사슴은 왜 한 마리도 보이지 않는 거야?
어두워지기 전에 운 좋게 사슴의 멋진 검은 뿔을 볼 수
있을까?

생각보다 숲이 정말 캄캄하구나
누군가 길을 잃어버린다면 영영 돌아올 수 없을 것만 같아
이 와중에 너는 혼자
숲속으로 산책하러 가고 없네

너의 흰 플란넬 블라우스와 검은 바지
안 보여

이제 그만 돌아가자고
해가 진다고

너의 이름을 부르는데

생각지도 않은 순간, 생각지도 않은 총성이 울리고
깜깜해져 가는 숲속을 재빠르게 질주해 가는 저것은 무
엇일까

너는 아직 돌아오지 않고
사슴은 보이지 않고

가슴이 이상하리만큼 크게 뛰고 있는데

언젠가 너는 생각났다는 듯이 나에게 말하겠지
이 공원에 왔던 사람들 중
사슴을 한 마리도 보지 못한 사람은 아마 네가 처음일 거
라고

—「Richmond Park」 부분

 인용된 시에서 빠져 있는 전반부는, 어느 볕 좋은 날 연
인 사이로 짐작되는 너와 내가 검은 뿔 사슴을 볼 수 있
는 공원으로 피크닉을 온 내용으로 채워져 있다. 여느 사
람들처럼 햇빛을 만끽하며 여유로운 시간을 보내다가 문
득 사슴이 왜 한 마리도 보이지 않는지 궁금해하는 대목
에서 인용문이 시작된다. "어두워지기 전에 운 좋게 사슴
의 멋진 검은 뿔을 볼 수 있을"지 없을지 모르는 상황에
서 눈앞에 캄캄하게 펼쳐진 숲으로 너는 혼자 산책하러
가서는 돌아오지 않는다. 해가 지도록 불안하게 기다리던
내가 문득 인지한 것은 "생각지도 않은 총성"과 "깜깜해져
가는 숲속을 재빠르게 질주해 가는 저것"이다. 저것이 무
엇인지 나는 알 수가 없다. 독자도 알 수가 없다. 사슴일
수도 있고 다른 동물일 수도 있고 심지어 너일 수도 있는
긴박한 상황에서도 "너는 아직 돌아오지 않고/ 사슴은 보
이지 않고/ 가슴이 이상하리만큼 크게 뛰는"것으로 이날

의 피크닉 장면은 일단 마무리된다. 너는 과연 무사히 돌아온 것일까? 마지막 연에서 네가 남긴 대사를 고려하면, 무사히 돌아온 것으로 보이고 검은 뿔 사슴까지 보고 온 것으로 짐작된다.

그렇다면 숲속에서 울리던 총성과 재빠르게 질주해 가던 무엇은 무엇이었을까? 이런 의문이 계속 남지만, 너에게서 들을 수 있는 말은 더 남겨져 있지 않다. 앞서 「양말과 앵무새」에서 양말에 대해 한마디도 하지 않았던 앵무새와 마찬가지로 이 시 역시 정작 궁금한 총성과 숲속을 질주하는 무엇에 대해선 아무런 언급을 남기지 않고 끝난다. 심지어 검은 뿔 사슴의 실체에 대해서도 이 시는 함구한 채로 끝난다. 왜 말할 수 없는 것일까? 「양말과 앵무새」에서는 그나마 돌출된 뿔의 형상으로 양말을 등장시켜서 보여 주지만, 이 시에서는 그에 상응하는 "사슴의 멋진 검은 뿔"이 끝까지 등장하지 않는 상태로 얘기된다. 갑작스러운 총성과 무언가의 질주가 커다란 미궁과도 같은 숲속의 일이라면, 검은 뿔 사슴 또한 커다란 구멍과도 같은 숲속의 일부다. 당연히 숲속으로 들어가기 전까지는 영원히 알 수 없는 미지의 사건으로 남을 수밖에 없다는 점에서, 숲속은 앞서 양말의 함입된 이면에 이어 욕망의 무의식적 구멍을 한 번 더 구현하는 장소라고 할 수 있다.

욕망의 무의식적 구멍이 발현되는 사례는 이 밖에도 더 있다. 어떤 곳도 가리키지 않은 채 "저기까지 가려면 어떻게 해야 해요?"라고 되풀이해서 묻다가 종내는 "무겁게 떨어져 내리는 가로등 푸르스름한 불빛 아래" "어리둥절해하며 서 있"(「조도」)는 사람, "잠결에 무슨 소리가 들린 것도 같았다/ 손을 내밀어 잠깐/ 잠결을 만진 것도 같았다/ 한 발의 총성이 손을 스쳐 지나갔다"(「여름휴가」)고 할 때의 총성, "그 밤에 나는 지혜의 이마에 생긴 구멍 하나를 보게 된다.// 작은 연체동물 같은 것이 꼼지락거리고 있었다. 달팽이 새끼 비슷한 것이 알을 까고, 배설물을 싸며 기어 다녔다."(「지혜」)에 등장하는 작은 연체동물 같은 것, "한밤중, 가로등 불빛이 작고 초라한 방을 비출 때, 알록달록한 줄무늬 양말이 한 마리 털벌레처럼 꿈틀거리며 기어갑니다."(「양말과 앵무새」)에서 보이는 한 마리 털벌레 같은 양말, 이 모두가 욕망의 무의식적 구멍을 배경으로 순간순간 솟구치는 기묘한 형상의 사물이자 사건이라고 할 수 있다. 그 형상이 신성희의 시에서는 대체로 뿔의 이미지로 집약됨은 물론이다.

뿔의 이미지가 변형/변주되는 사례를 하나만 더 언급하자. 바로 뿔의 배경이자 이면을 이루고 있는 구멍의 입구가 막힌 경우다. 구멍은 입구가 뚫려 있어야 구멍이다. 만약 입구가 막힌 구멍이 있다면 더는 구멍일 수 없을뿐더러 뿔의 형상에도 영향을 미치게 된다. 입구가 뚫려 있어야 자연스럽게 통할 수 있는 바람구멍이 막히면서 마구 부풀어 오르는 모양으로 뿔의 형상이 변형되는 것이다. 예를 들면 꽉 묶인 비닐봉지처럼, 혹은 만두처럼.

어느새 축구공만큼이나 커진 말벌집을
커다란 봉지 속으로 무겁게 툭, 떨어뜨린다
조심스레 비닐의 입구를 꽉 묶는다

말벌들이 모두 갇혔다!
성난 벌들이 내는 세찬 날갯소리!
봉지 속 공기가 터질 듯 부풀어 올랐다
비닐봉지가 붕붕 떠오르며 찢어질 것 같았다

—「여름의 뒷모습」 부분

만두를 먹으며 나는 어른이 되었다
잘게 부서질수록 웃을 수 있게 되었다
작아지는 나를 껴안고
작은 사람이 되어 가고 있다
주름 속에 나를 집어넣고
입을 꿰맨 채 살아 있지만
당신은 오늘도 커다랗게
입을 찢으며 웃고 있습니까

—「만두와 만두」 부분

축구공만큼이나 큰 말벌집이 봉지 속에 들어갔다. 딸려

들어간 말벌들이 가만히 있을 리 만무하다. 봉지의 입구가 봉해지는 순간부터 "성난 벌들이 내는 세찬 날갯소리"로 봉지는 부풀어 오른다. "붕붕 떠오르며 찢어질 것 같"은 비닐봉지 속의 아우성을 누군가는 끝내 잊지 못한다. "해 질 무렵/ 마당에 나가 혼자 서성거릴 때나/ 청명한 오전과 오후가 이어지는 날,/ 머리 위로 이리저리 날아다니던/ 말벌들의 음악 소리가 자꾸 생각날지도"(「여름의 뒷모습」) 모른다. 만약 비닐봉지 속에서 성난 벌들이 내는 비명과도 같은 날갯소리를 듣지 않았더라면, 그 전에 말벌집이 비닐봉지 속에 들어가 밀봉되는 장면을 보지 않았더라면 저와 같은 잔상은 남지 않았을 것이다. 밀봉으로 인해 남아 있는 잔상은 애초에 구멍이 있었기에 가능한 잔상이다. 밀봉이 되면서 새삼 환기되는 구멍은 구멍으로 인해 가능했던 뿔의 형상에도 관여한다. 밀봉된 구멍이 만들어내는 뿔의 형상은 비대해질 대로 비대해진 내면의 소란스러움을 그대로 껴안으면서 팽창한다. 금방이라도 터질 듯 부풀어 오르는 비닐봉지처럼 말이다.

결과적으로 밀봉된 상태가 억지로 변형된 뿔의 형상을 야기한다면, 이어지는 「만두와 만두」에서 보이는 밀봉은 만두처럼 잘게 부서지는 속을 거느릴 수밖에 없는, 그러면서도 결코 터지거나 찢어지지 않을 외피를 둘러야만 하는 '어른'의 삶을 추가로 환기한다. 어른이 되면서 점점 작아지는 내면을 점점 주름지는 외피 속에 구겨 넣는 자가 새삼 조심해야 하는 것은 입이다. 언어적 인간의 출입구에 해당하는 것이 입이기 때문이다. 언제든지 열릴 수 있는 그 입으로 인해 인간은 한없는 구멍이 될 수 있고 끝없는 뿔이 될 수도 있다. 그런 입을 꿰맨 채로 살아야 비로소 어른이 될 수 있다면, 뿔과 같은 욕망의 형상 역시 변질이 될 수밖에 없다. 뿔의 생성을 가능케 한 무의식적 구멍도 계속해서 억압될 수밖에 없다. 누군가는 이렇게 해서라도 '어른답게' 잘 살겠지만, 또 누군가는 도저히 그렇게 살수 없기에 끝내는 입을 찢는다. 찢어진 입으로 커다랗게 웃는다. 입을 찢어서라도 커다랗게 웃는 장면은 한편으로 "사정없이 주먹이 얼굴로 날아들었다/ 입안으로 흘러드는/ 찝찔한 코피 빨아 먹으며/ 킥킥킥,/ 나는 터져 나오는 웃음을 참지 못했다"(「수학 시간」)에 등장하는 해괴한 웃음과 묘하게 통한다. 각기 다른 상황에서 나오는 웃음이지만, 둘 다 구멍을 외면하지도, 뿔을 포기하지도 못하는 자의 웃음이라는 점에서 한 궤에 놓인다.

만약 입을 뚫고 나오는 웃음조차 없다면 "죽은 듯이 살아 있는 벙어리 같은 말들"(「입말의 시간」)밖에 남지 않을 것이다. "벙어리 같은 말"은 달리 말해 욕망의 출입구가 꽉 막힌 상태의 말이다. 그 반대편에 놓이는 것은 자연히 욕망에 충실한 말이다. 나의 내면에서도 함몰되는 지점(구멍)과 융기하는 지점(뿔)을 되짚으면서 나오는 말. 그 말이 욕망에 충실한 말이라면, 그 말을 찾기 위해서도 나의 내

면을 들여다보는 일은 필수석이나. "나에게 니를 완전하게
돌려주"(「여름휴가」)기 위해서라도 자신에 대해 "너는 누구
니?/ 너는 누구니?"(「수학 시간」)를 끊임없이 되물어야 하
는 시간이 남는다. 자신의 정체성을 묻는 저 질문이 누적
된다고 해서 명쾌한 답변이 기다리고 있는 것은 아니다.
욕망의 무의식적 구멍이 사실상 허방인 것과 마찬가지로
욕망의 주체인 나에 대한 질문 역시 허방에 빠지는 것을
각오해야 한다. 들여다볼수록 "내 머릿속은 내가 없는 사
진들로 가득하다"(「오늘 저녁, 성수동에서」)는 걸 부정할 길
이 없기 때문이다.

　이 대목에서 자아를 찾는 여행이 새삼 먼 여행길이 될
수밖에 없음이 예고된다. 돌고 돌아서 가는 먼 여행길의
끝에서 목도하는 것이 결국에는 '아무것도 없음'이라는 사
실도 일찌감치 예고된다. 실제로 신성희의 시에서 길 떠나
는 이들이 하나같이 봉착하는 장면도 "가 봤지만 아무것
도 없었잖아 기차로 두 시간을 달려 버스를 갈아타고 내
려서 한참을 걸었어 거짓말처럼 그곳에는 아무것도 없었
어"(「안드로메다」)라는 말이 기다리고 있는 풍경이다. 목적
지가 어디든 거기에는 아무것도 없다는 사실만이 기다리
고 있다면, 어디를 가든 그 걸음은 제자리걸음과 다를 바
가 없다. 아니면 어디를 가야 할지 모르는 마음과 어디로
도 갈 수 없는 마음이 뒤섞인 혼란스러움이 남아 있는 길
을 채울 것이다. 아래는 그러한 걸음걸음의 기록에서 건져

올린 파편들이다.

"왜 나는 여기 있지?/ 왜 나는 날마다 같은 골목길을 걸어 다니지?"(「밤은 속삭인다」)

"그것은 어디로도 가지 못한다/ 그 자리에 그대로 박혀 있다"(「아름다운 불이」)

"우리는 어디로도 가지 않고, 어디로든 가는 걸 원치 않으며, 점점 더 어디로 가야 할지 모르게 되었다"(「눈사람이 유리창으로 우리를 들여다본다」)

"밖은 아직 한겨울인데/ 갈 데도 없이 어딜 가려는 거야/ 가지 마 아니야 가 어디로든 가 버려 가서 죽어 버려"(「긴 겨울 동안 우리는 함께 있었지」)

"퍼붓는 눈 속에서 계속해서 집을 향해 가고 있지만 집은 나타나지 않고 점점 더 멀어지는 것만 같다 (……) 나는 끝없이 같은 곳을 돌고 있다"(「눈 내리는 밤에」)

"어디로 가지? 바다? 아니야 그건 가방 안에 잔뜩 있어 어디로 갈까? 산? 아니 그건 호주머니 속에도 많아 어디로 갈까? 나는 한 발자국도 떼지 못한다"(「여행」)

"문제는 여기서부터 내가 어디로 가야 할지 모르겠다는 거야"(「그럴 수 있지」)

"아무 데도 가고 싶지 않다고 했잖아 나는 온종일 방안을 걸어 다니는 도보 여행자라고! (……) 우리는 어디로도 가지 않는다 어디로도 갈 수 없다"(「안드로메다」)

"어디로 가느냐고 그가 물었다. 왜 가는지, 갈 수는 있는 것인지 물었다. 언제까지 가야 하는지 물었다. 기차는 세 시간째 이하로 가고 있었다. 오래전부터 이하로 가고 있었다. (……) 기다리는 것 말고 할 수 있는 게 아무것도 없었다." (「갔다」)

답답함과 막막함이 범벅된 이러한 여행길에서 간혹 기적적으로 목적지에 도착할 때도 있지만("오전 9시, 우리는 기차에서 내린다 마게이트에 도착했다", 「Portra 400」), 거기서도 무언가 별다른 것이 기다리고 있을 것 같지는 않다. 도착해 봤자 아무것도 없는 상태가 계속될 거라는 예감을 지울 수 없는 곳에서도 신성희 시의 화자는 길을 떠난다. 그것이 설령 같은 곳을 맴도는 헛걸음일지라도 걸음을 멈출 수 없는 곳에 다시 신성희 시의 화자가 놓인다.

그 걸음이 어찌해도 헛걸음을 벗어날 수 없다면, 남는 것은 헛걸음을 헛걸음으로 자각하면서 걷는 길뿐이겠다. 이쯤에서 앞서 읽은 「검은 뿔산」의 한 대목을 소환하자. "감출 수 없는 마음이/ 어디로도 나지 않는 길을/ 찾으며 내 뿔이 저기로/ 걸어갔을 것이다". 곰곰이 뜯어보면 주어가 두 개인 비문처럼 읽히기도 하는 저 문장에서 똑같이 주어에 해당하는 "감출 수 없는 마음"과 "내 뿔"이 동격의 자리에 놓인다면, 감출 수 없는 마음과도 같은 나의 뿔이 향하는 길 역시 "어디로도 나지 않는 길"과 "저기"가 겹친

길이라고 할 수 있다. "저기"는 문맥상 시의 제목인 "검은 뿔산"이 자리한 곳이다. 검은 뿔산은 물론 비유로 동원된 이미지이자 헛것으로서의 상(像)이다. 나의 뿔이 향하는 곳이 결과적으로 헛것으로서의 "저기"라고 한다면, 저기로 난 길이 "어디로도 나지 않는 길"이 되는 것은 자연스럽다. 그렇다면 한 시인의 시 세계에서도 중요한 축을 담당하는 키워드(뿔)가 결국에는 헛것을 향한 길이자 어디로도 나지 않는 길을 동반할 수밖에 없음을 누구보다 시인 자신이 무의식적으로 인지한 결과물이 「검은 뿔산」의 저 문장이 아닐까.

의식적으로든 무의식적으로든 자각을 동반한 표현은 단순히 헛것에만 그치는 수사가 되지 않는다. 방황과도 같은 여행길을 수없이 지나오면서 건져 올린 다음과 같은 다짐 역시 단순히 구호로만 머물지 않는다. "이제 손을 가방에 넣고 나는 한 번도 가 본 적 없는 곳으로 떠나고 싶어 다시는 손을 놓아 주지 않을 거야"(「여행」). 이때의 '손'이 뿔의 다른 말이라면, 그 손은 다짐을 위한 장치를 넘어 "뿔을 잃은 사람들은/ 서로에게 기대어/ 한 번도/ 본 적 없는/ 뿔이 된다"(「검은 뿔산」)는 걸 손수 증명하는 길을 열어 보일 수도 있겠다. 어쩌면 그것이 신성희 시인의 첫 시집에 잠재된 손이면서 뿔의 능력일 것이다.

지은이 신성희

2016년 《현대시학》 신인상을 수상하며 작품 활동을 시작했다.

당신은 오늘도 커다랗게
입을 찢으며 웃고 있습니까

1판 1쇄 찍음 2022년 9월 30일
1판 1쇄 펴냄 2022년 10월 14일

지은이 신성희
발행인 박근섭, 박상준
펴낸곳 (주)민음사

출판등록 1966. 5.19. (제16-490호)
서울특별시 강남구 도산대로1길 62(신사동)
강남출판문화센터 5층 (06027)
대표전화 02-515-2000 / 팩시밀리 02-515-2007
www.minumsa.com

ISBN 978-89-374-0923-3
        978-89-374-0802-1 (세트)

* 잘못 만들어진 책은 구입처에서 교환해 드립니다.

민음의 시
목록